天下雜誌
觀念領先

2008.4.24.
識於民生.

跟著
安藤忠雄
看建築

藍麗娟——著

Experiencing Architectural Works with
Tadao Ando

Experiencing Architectural Works with

Tadao Ando

2008年安藤忠雄講解建築之旅

跟著
安藤忠雄
看建築

目錄

安藤忠雄
其人其事

別人都選綻放許多花朵的康莊大道，
他卻走上一條不同的路，
自學不輟，終於有成。

建築師都想完成既大又漂亮的作品，
他卻偏愛素樸極簡、往地下發展的「看不見的建築」，
與環境融合，和自然對話。

儘管無數桂冠加身，備受世人尊崇禮遇，
他卻樂於當個傳教士，募款種樹，
四處奔走宣揚：堅持夢想、愛地球。

不愛美食名車，住在普通公寓；不怕屢戰屢敗，他要連敗連戰。
最大欲望是不斷發揮創作野性，傳遞對環境、藝術、人性的愛與關懷。

他，是「當今在世的偉大建築師」之一：安藤忠雄。

1941-1950
建築的原點

屢敗屢戰、敢於不同的人生

一九四一年九月，日本大阪市的民家，安藤忠雄誕生。確切地說，晚數秒鐘，隨安藤忠雄之後來到世上的是雙胞胎弟弟。只不過，安藤忠雄從母姓；而他的弟弟則是從父姓，姓北山。

安藤忠雄後來說，因著雙胞胎弟弟之故，他的初期作品有著「雙生觀」；甚至連後來出國購買紀念品也習慣買一對。

安藤忠雄出生時，日本正值第二次世界大戰。戰爭後期，大阪的家裡遭到空襲燒毀，於是疏散到大阪的下町長屋。在這裡，他由外公與外婆扶養長大。

小時候，安藤忠雄喜歡畫畫。他回憶，他喜歡在家附近的小河裡抓魚，對魚的熱中，甚至到了連睡夢中都在捕魚的地步。不過，他抓了魚，不是拿來吃的，而是帶回學校飼養，然後，他會看著魚兒優游，畫下他與魚兒玩的圖畫。

七歲時，安藤忠雄的外公過世，身為家中長子的他，開始感受生存的現實。由於外婆開了一家雜貨店，因此，他必須幫外婆顧店。鄰家木匠不時帶著設計圖出入，也會教他削木頭；懵懂之中，他喜歡那種用木頭做東西的感覺。

對於中產階級或上流社會來說，下町或許並非良好的居住或教育環境；然而，對於孩童時期的安藤忠雄，這裡常見的木工廠、玻璃工廠、鐵工廠卻像是個遊戲場與工藝教室，深深吸引他。

閒暇時，安藤忠雄可以在工廠裡待上一整天，只為了製作一個木頭飛機或小船。他先在腦中構想形狀與細節，然後，專心地動手做。每當腦海想像的成品出現在眼前，他就覺得很開心。

他對建築的手感與態度，正在萌芽。

1951-1960
生活給的啟蒙

自從外公過世之後，外婆訓勉安藤忠雄獨立、負責的重要性。

十一歲時，安藤忠雄扁桃腺發炎，他想起外婆的訓勉，竟然一個人到醫院辦理入院手續、開刀；然後自己辦出院手續，一個人回家。他在孤獨中學習照顧自己、獨立為自己的行為負責，也在孤獨中摸索自己的興趣。

十三歲時，家裡的二樓必須增建，於是，安藤忠雄首度與鄰家木匠合作。當他們在原

本幽暗的長屋開了一個天窗，親眼看見自然光線在空間中創造的變化，安藤忠雄初次感受自然光的魅力與視覺效果。

「我究竟何時開始想要走建築這條路？或許，是因為我站在改建現場，目睹一向黝暗的屋子，因光線照射進來而產生了變化，因此而感動吧？」①他回憶。這次改建，應該也是自然光線成為他作品特色的原點。

隔年，安藤忠雄自己設計、施工，為鄰家的失怙少年蓋了一個七坪大的加蓋小屋。這是他第一次獨自設計施工，也是第一次興起單純的夢想：從事建築業。但是，當他決定進木工廠工作，卻遭家人反對，只好轉念高工機械科。自此，開始建築自學之路。

「我從來就不是一個好學生，我總是更喜歡在課堂外自我學習。」②

課餘，他參加函授學校，學習構圖與設計；閒暇時，他搭電車到大阪附近的京都、奈

大阪的傳統下町長屋。

良等地參觀日本傳統建築，再回家研讀相關書籍，尋求解答、印證想法。當他在東京初訪萊特（Frank Lloyd Wright）設計的帝國飯店，對建築萌生更大興趣。

十七歲時，他的雙胞胎弟弟要出國去打職業拳擊賽。這下，他才知道，原來打拳擊就能拿工作簽證出國。

當時，日本還沒開放出國觀光；安藤忠雄為了爭取出國看建築的機會，於是，他學拳擊。練習兩個多月，就拿到職業拳擊手資格，一個人到曼谷打拳擊。那是他第一次出國，而且是單人赴賽。

他形容，在眾聲喧嘩中，會萌生一種自信感；那是自己必須一個人奮鬥的孤獨感，這對他後來從事建築是個很重要的體驗。因為，為了克服孤獨感與緊張感，工作時必須全力以赴。

高工畢業了，他面臨人生去路的選擇。

這一次，他想要念大學，雖然家人並未反對，但是，考量經濟現實，他決定放棄大學，一個人朝建築這條路努力。

「康莊大道綻放許多花，但是，我一個人卻走著這條大家都看不見的路，於是，我對自己說，我要讓這條路也能開花結果，」安藤忠雄這麼告訴自己。開始了一邊工作、一邊自學的生活。

他先到室內設計公司擔任助手，這是賺錢維生，也是學手藝的唯一機會。不工作時就讀書，經常從白天熬夜讀書到凌晨，一年之內，終於把大學建築系教科書讀完。

接近二十歲時，他首度接觸現代主義建築巨匠柯比意（Le Corbusier）的作品，從此，確立了對建築的畢生追尋。

當時，他逛到大阪市的一家舊書攤，偶然之間，瀏覽了《柯比意作品全集》，心中震撼不已。於是，他每天都到舊書攤報到，甚至央求書店老闆暫先保存該書，等存夠錢，他就會把書買下。後來，終於買了書，天天研究柯比意的設計圖，書頁幾乎都被手指摸到髒黑。

當他發現，柯比意並非建築專業訓練出身，而是跟他一樣自學建築時，他彷彿對柯比意懷著一種親切感，從柯比意身上得到莫大的勇氣。

1961-1970 旅行中孤獨自學

儘管嘗試自學，安藤卻常常在孤獨與不安中自問，什麼是自學？學什麼？怎麼學？沒有同窗或前輩指引，他獨自思考，摸索答案。

他輾轉做過美術印刷、家具設計、工業設計、研究都市更新計劃等工作；不時擔心，這樣的摸索，是不是在繞遠路？

同時，他仍然不鬆懈地勤於閱讀一九六〇年代的國外建築趨勢與藝術發展，「即使是經濟最窘困的時候，我寧可省一頓飯，對買書沒有吝惜過花錢，」③他說。每一次，他在書上或雜誌上看到沒見過的建築作品時，即使不懂文字，只看圖片，也覺得興奮無比。

當閱讀再也無法滿足對現場的渴望，他求知若渴。二十一歲時，他從大阪出發，環遊日本一周。

在白川鄉傳統聚落的高大屋簷下，看著高窗射下的光線，透過梁柱縱橫交錯的建築結構，迴盪在民家空間，安藤忠雄再度感到光的力量。當他看著白川鄉的谷底有如雙掌指尖相接般的民家屋頂，竟然能長期對抗嚴峻的氣候考驗，他對建築與環境幾乎能合而為一的狀態，感到驚嘆。

此外，他也親訪日本戰後建築界的領導者丹下健三的作品。他到丹下健三成長的廣島、一手打造的和平紀念館，以及為一九六四年東京奧運所設計的綜合競技場、東京聖瑪利亞大教堂等名作。

「從他身上能看見向新世界開拓道路的英雄姿態，我們能夠在這個時代看見他的作品，實在是太幸運了，」他告訴自己，「對於戰敗後，幾乎失去國家的年輕建築家而言，丹下的存在就是一種希望。」④

兩度旅行世界，用五感來體驗空間

二十四歲時，日本開放出國觀光的第二年，安藤忠雄就是無法壓抑那股想要出國實地走訪、用敏銳的五官與身體來感受空間的好奇心。於是，他帶著打工賺取的現金，從搭貨輪開始，踏上一個人對建築的摸索之路。「現在想起來真是好笑，我記得當時竟在自己的大皮箱中，塞滿了三支牙刷以及堆積如山的肥皂與內褲，」⑤安藤忠雄後來回憶。

這一次出發，他才發現，世界如此之大。

從橫濱搭船出發，搭西伯利亞鐵路到莫斯科，然後從北歐進入中歐、南歐，直到印度。當他目睹廣大的海平面，整個星期在西伯利亞鐵路上望著窗外一成不變的濕地草原，他比建築系學生更直接體驗何謂「水平」；當他在希臘仰望巴特農神殿時，他親身體會何謂「垂直」。

透過旅行，全世界的建築鉅作都跳出教科書，成為他的老師。

他實際走訪崇敬的大師——柯比意前期的現代主義作品，感到無比滿足。但是，當他後來滿懷緊張之感，初次目睹柯比意晚期作品廊香禮拜堂（Couvent Sainte Marie de la Tourette）彎曲的牆壁，他直覺，這一反柯比意早期作品風格的建築，真是柯比意的作品嗎？

走進禮拜堂內部，「在那裡向我襲來的，是來自所有方向、摑打我的身體，充滿了劇烈與暴力的光……。大大小小的光，各式各樣的光線，將鮮明的輪廓映照在地面上，分別呈現著紅、青、黃等繽紛的色彩。在那兒只存在著讓眼珠子一直轉個不停地般的混亂空間而已，」⑥他形容。因為過於震顫，後來他連續去了三天，結論是，柯比意是在未經計算、讓野性奔放的狀態下，設計出這款否定早期理性規則的作品。

安藤忠雄受到強烈的鼓舞，感覺到，一個建築大師在追求自我突破時，甚至能違背作品應有的理性，衝破原本一手打造與遵循的理論與原則。以此而言，建築家其實也是個藝術家。這次經驗，與安藤忠雄後來在創作時不一定會先考慮業主需要的實用性與舒適度，反而是先追求抽象概念的特色，不無關係。

此行的重要目的之一，就是會面心中崇敬的柯比意；但是，當他到達巴黎前的三個星期，柯比意卻過世了。

旅行得來的世界觀，涵養出人文的關懷

當時的安藤忠雄並不知道，儘管他不像一般日本學子走著正規的建築學習路；這一路的摸索，卻更接近他的建築夢想。

回日本之後，他勇奪一項大阪城公園設施設計的競圖。似乎，旅行，已隱隱造就了一

位建築家。

二十七歲時，他再度出國，透過旅行摸索建築。他再度搭西伯利亞鐵路經莫斯科到歐洲，深受米開朗基羅的作品感染；在巴黎，則遭逢歷史性的五月革命。站在騷亂的街頭，親眼看見歐洲市民社會與日本民性的巨大差異。「一九六八年，是一個時代的終結，但對我來說，這時才正是一切的開始，他說。

親身出國旅行走訪得來的世界觀，涵養出他作品中的人文關懷，與對各國社會歷史脈動的掌握。比如，二〇〇一年，他贏得國際矚目的巴黎塞岡島皮諾現代美術館（Foundation d'Art Contemporain Francois Pinault）的競圖時說，「法國五月革命的導火線就是從這裡展開，令人激動的時代精神在此發酵。對我來說，一九六八年巴黎天空下的熱氣，在我年輕時代的旅行途中曾經親身體驗過，因此對這裡有特別的回憶，而現在，我將要在此創造出巨大的建築。」⑦

回國之後，正值一九六〇年代末期，日本各地興起住宅興建潮。

他曾經嘗試到其他建築事務所當實習生，結果，往往因為頑固的脾氣而被炒魷魚。於是，他在大阪梅田車站附近創立自己的建築師事務所，決心以建築為本業，養活自己與家人。那一年，他二十八歲。沒想到，周遭的人都說：「你都沒受過正規的教育，怎麼能成為一個建築家？」

一開始，他設計小木屋、做室內與家具設計；但總的來說，幾乎沒有案子可以做。

待在十坪大、毫無空調的事務所，他有時候讀書，有時後在床上輾轉反側，呆望著天花板。有的時候為了鍛鍊思考能力，他會到戶外空地思考：「如果是我自己的案子，我會怎麼做？」

他把握公開的機會，從競圖起步。結果，創業那年，他在近鐵學園前的總合開發計劃競圖中勇奪第一。趁著這次成功，他再度參加一場摩洛哥旅遊地的國際競圖，為了讀懂以英語與法語寫就的競賽規則，他的事務所四處都是各國語言的辭典，他打趣說，看起來比較像是一間語言學校。

後來，在親友的介紹下，開始有咖啡店、朋友的住宅等小案子上門。不論案子多小，他都懷著感恩之心情而做。因為，他深信一句日本諺語：「聞一知十。」只要有一，就會有十。

1971-1980
憑藉實驗精神嶄露頭角

二十九歲秋天，他與友美子結婚。

三十五歲那年，安藤忠雄創造出成名作「住吉的長屋／東邸」。結果，住吉的長屋得到一九七九年的日本建築學會賞。宣示了他的成熟風格裡運用的元素：清水混凝土、光、風。

從一九六九年開業到一九七九年首度獲得大獎肯定，在日本建築界嶄露頭角之前，卻有著異常多的「搏鬥」。這十年間，他在業主拮据的建築條件下，只設計興建二十棟住宅，其中有四棟因故無法完工；他還設計四棟商業建築，參與大阪車站等四項競圖，但是並沒有成功。

安藤忠雄的成名作「住吉的長屋」，完成於1976年。

設計住吉的長屋之前，安藤忠雄看見許多城市地區胡亂開發，他很不能認同，深深覺得，「如果一棟建築不過是埋沒於沒有特色的世界當中的話，就不能產生新的價值。」⑧於是，當業主委託他設計時，「我決定，即使房子再小，也要在房子中間蓋一個庭園。」

結果，房子的庭園空間佔了基地的三分之一，整個混凝土房子對外封閉，對於廚房、廁所等居住機能的要求則減到最低。好處是，可以直接與大自然接觸；不方便的卻是，從房間到廚房或廁所時，都必須經過庭園，下雨時上廁所，也要打著傘。

住吉的長屋展現安藤忠雄與大自然共生的信念，另一方面，也彰顯他對於戰後毫無特色的城市住宅的批判。不過，他的實驗精神，也引來論者「不好住」的批評，成為當時的話題。儘管論者滔滔，這棟建築卻確立了安藤忠雄對都市建築的一貫立場：「我認為建築是做為對城市的批判而構築的這一思考方式，至今不曾改變。」⑨

住吉的長屋引起話題，他的名聲也開始傳到海外。

三十七歲時，他到美國進行一場巡迴展，主題是：「日本的新風潮」。他也受邀到匈牙利舉辦個展，這是他在海外的第一個個展。設計作品在海外得到好評，可以說，他已經被國際認可為一名重要建築師。

他對建築充滿熱情，萌發許多天馬行空的想法。受到年輕的熱血驅使，甚至在無官方競圖的情況下，也主動對官方提案。

三十九歲那年，他向大阪市政府提案，希望把屋頂全部綠化。結果，市政府毫不理睬。不過，他並沒有放棄，九年後再度向大阪市政府提出中之島公會堂與中之島整體的都市更新提案。儘管提案仍然失敗，他仍不放棄說服。後來，二〇〇八年九月將完工的中之島新線工地的一處地鐵站，就是他的作品；地鐵站出口不遠處，正是提案數度挫敗的中之島公會堂。

1981-1990
奠定風格與聲譽

四十歲時期的安藤忠雄，在國際上快速累積聲望，而且愈益增長；這時期，他的作品只分布在日本關西地區，在海外並沒有任何作品。

四十一歲，安藤忠雄的事務所遷移到目前的所在地：大淀。這一年，他赴西班牙、法國等地舉辦個展，法國也為他出版作品集。這是他首度在海外問世的作品集。

四十二歲，六甲集合住宅完工，為安藤忠雄拿下大獎——芬蘭建築學會的「Alvar Aalto」獎（一九八五年），以及日本文部省藝術新秀獎（一九八六年）。

早在一九七八年、安藤忠雄三十七歲時，著手設計六甲集合住宅，歷經五年才完工。六甲集合住宅位於在六甲山山腳，是整片面南的六〇度斜坡，景觀極佳，能眺望神戶港與大阪灣。安藤忠雄採用方格設計，施工時配合六〇度的斜坡，與大自然環境。其與大自然共存共榮的理念，得到肯定。

繼六甲集合住宅，安藤忠雄在京都高瀨川旁邊所設計的一棟商業設施「Time's 1」（一九八四年）竣工，店面親近水邊，打破大自然與人的隔閡，強調環境與建築結合。結果，引起官員質疑，萬一發生水災該如何逃生的問題。

四十六歲以後，他獲得更多國際獎項、講學，國際聲譽日隆。

一九八七年至一九九〇年間，也就是五十歲之前，他受邀擔任美國耶魯大學、哥倫比亞大學及哈佛大學的客座教授，還獲得法國建築學會金獎肯定。一九八七年，安藤忠雄第一棟教堂系列建築：六甲教會（風之教堂）完工，獲得每日藝術獎。隨後，第二、三棟教堂建築相繼完工：水之教堂（一九八八年）、春日丘教會（光之教堂）完工（一九八九年）。

安藤忠雄在光之教堂中，以操控自然光線在素面空間結構的靈性表現，呈現異樣的神祕感，結果大受好評，引起許多國際訪客激賞。同時嶄露出他處理神聖空間的能力，而非僅只是冰冷的清水混凝土。

「如果有人問我，我最喜歡的建築物是什麼，我會毫不猶豫的說：光之教堂。」德國大導演溫德斯（Wim Wenders）曾說。⑩

綜觀而言，四十歲時期的安藤忠雄建築風格已經奠定。

他在四十九歲時發表的一篇論文中自陳，建築有三種必要元素：首先是顯露真實材質

安藤忠雄處理神聖空間的能力享譽國際。圖為光之教堂。

的素面材料，比如清水混凝土或未上漆的木頭。其次是單純的幾何性，這是建築的基礎或框架。第三是經過處理的人工自然，比如光、天空、水被抽象地表現出來。「當這三種因素集合在一起，建築便具有了力量和光采，如同在萬神殿一樣，人們會被建築特有的景象所感動。」⑪

1991-2000
攀上國際肯定的顛峰

在這十年裡，安藤忠雄得到大量的國際肯定，不僅作品開始跨出日本國土，遠至歐洲與美國；同時，日本本地的作品在材質上、理念上也常有創新突破。

五十歲時，他的第一棟佛教寺廟建築：真言宗本福寺水御堂完工。他拿掉傳統廟宇大屋頂、替以蓮池的做法前所未有，而將自然光線引入地下的御堂，結合空間語言與佛教真理；用現代建築手法創造參拜者的迂迴參道，令人震懾。

同年，他受邀在美國紐約的當代藝術館（MoMA）舉行個展，《華盛頓郵報》評論他是：「當今在世的偉大建築師之一」。美國建築學會（ＡＩＡ）頒給他榮譽會員。

五十一歲時，他設計的西班牙塞維利亞（Sevilla）萬國博覽會日本館，四層樓的空間，結合日本傳統的木造建築與清水混凝土材質，建造了巨大的建築。這次嘗試，彰顯他處理各種素面材質的能力，不僅限於清水混凝土；也透過材料的處理，表現了日本人所具有的「原始的自然觀」。隨後，他也接下木御堂（一九九四年）的設計工作，是另一個重要的木建築作品。

這一年，他另一個創作嘗試也誕生了——遁入地底下的博物館：直島現代美術館。直島現代美術館可以見到他思考建築與自然環境的關係；而這種半遁入地下的設計，則源自他從小在陰闇長屋中，追逐光線的成長經驗。同年，他獲得丹麥的卡爾斯伯格（Carlsberg）建築獎。

五十二歲時，德國的維特拉家具公司培訓中心（VITRA Seminar House）完工，這是個沉在平坦基地中的幾何形作品，與另外四位知名大師：蓋瑞（Frank O. Ghery）、哈蒂

表參道之丘是安藤忠雄在關東地區的代表作，已是東京的地標之一。

（Zaha Hadid）等並陳於同一基地上。

同年，他受邀於巴黎龐畢度中心舉行個展。同時獲得日本藝術學院獎，獲頒英國皇家建築學會的榮譽會員。

五十三歲時，他在大阪天保山的三得利美術館完工，結合私人美術館基地與政府管轄的海岸土地，創造出融合市民生活與藝術文化民眾廣場。當初許多人不看好他這個建案，安藤靠著不斷地說服政府，終於成功。

五十四歲，是他受獎的最高顛峰：獲得普立茲克獎（The Pritzker Architecture Prize）肯定。五十五歲，獲頒第八回高松宮殿下記念世界文化賞。五十六歲，榮獲英國皇家建築金獎。

高工學歷擔任東京大學教授，成為一時的話題

連續幾項當世建築師難以同時擁有的重要桂冠殊榮，在在肯定安藤忠雄的建築成就。

五十六歲那年，連向來最重視學歷的日本社會，也給予他肯定——東京大學邀請他擔任建築系教授。他高工的學歷，成為社會一時的話題。直到六年後退休，東京大學仍奉他榮譽教授（二〇〇二年），後來甚至尊為特別榮譽教授（二〇〇五年）。

安藤忠雄很具有人道主義精神，以及普世的反思價值。他為聯合國教科文組織設計建造的「冥想之庭」（一九九五年），單純運用了清水混凝土與天頂射下的自然光線，與廣島原爆碎片鋪成的地面，矗立在巴黎總部。

他的人文關懷也在震災之後凸顯。

一九九五年一月，日本發生死傷最慘重的「阪神・淡路大震災」，安藤忠雄積極投入救災，擔任十年震災委員會委員長，提倡「Green Network」的市民運動；更把復育再生的理念植入他的建築中。比如，他將關西國際機場的採砂場基地重建為淡路夢舞台（一九九九年），把震災廢墟復興為兵庫縣立美術館與神戶市水際廣場（二〇〇二年）等。五十九歲時，投入豐島復育，設立「瀨戶內橄欖樹基金」，跟律師中坊公平合作，要在豐島這個向來丟棄產業廢棄物的島上種植橄欖樹。後來，計劃也延伸到瀨戶內海的其他島嶼的復育。

他覺得，建築師往往是破壞大自然的兇手。透過綠化等努力，他呼籲民眾一起響應，減少對地球的戕害，保護環境。

五十歲時期，他經常處理舊建築的更生主題。五十九歲這年，安藤忠雄在義大利的第一件作品「班尼頓藝術學院」（FABRICA）誕生。他「堅持保留舊建築，同時創造新建築，為新場所帶來刺激」的態度與做法，在京都大山崎山莊美術館（一九九五年）也能見到。

2001-至今
從國際競圖自我挑戰

建築是什麼？建築有什麼樣的可能性？歷經冠戴無數桂冠的巔峰，安藤不斷思索建築的定義。

「至今歷經三十年的建築之路，我仍無法自信地說，我已經找到正確答案了。或許是因為，我是獨自一個人走到今天，所以，常常有一種不安，那種不安是，我是否已經迷路了呢？……我不斷累積經驗，知道建築的難處在於挑戰自己逐漸老去的年齡，這時候，我更加佩服柯比意的勇氣，以及他不厭其煩的挑戰，我似乎能夠感受到柯比意的傲氣。」[12]

一九九〇年代開始，他就嘗試以國際競圖，探索建築；或說，挑戰自我。

但是，卻是屢戰屢敗，直到二〇〇一年十月，安藤忠雄六十歲時，才終於贏得法國塞岡島上的皮諾現代美術館競圖。當時的他激動地說，「這是經歷多次的失敗，在連戰連敗之後，總算嘗到的勝利果實。」[13]

回憶那段連戰連敗的過程時，他說，常常在最忙碌的時候，手上忙著三個競圖，卻又收到第四個競圖的邀請函，結果是「思維混亂，有時自己也不知是在構思哪個方案，但事務所內還是有一種不尋常的緊張氣氛。工作人員雖然身陷每日的疲勞，卻也拚命埋首設計研究。」[14]

藉由密集的戰鬥，安藤忠雄不僅想要激發創作的熱情，在國際競圖中，也是個絕佳的場域，可以跟世界一流建築師較量、互相學習。

同年，美國的普立茲美術館在歷經業主過世等波折，歷經五年終於完工。而他為時裝設計大師亞曼尼（Giorgio Armani）設計的亞曼尼劇場竣工，也得到極佳讚譽。安藤忠雄為劇場創造出亞曼尼也意想不到的可能性，讓原意只做服裝秀場地的劇場，成為當地表演藝術的重要展演場所。

六十一歲，沃茲堡現代美術館完工，這是他一九九七年設計競圖第一名的作品，以鋼材、玻璃、清水混凝土為素材，引入自然光的設計，乍看酷似日本兵庫縣立美術館，在美國得到極高評價，許多安藤忠雄的建築書，便以此做為封面。

這一年，他獲得美國建築家協會金獎。

意志強大，為建築搏鬥

建築是為了藝術？還是藝術為了建築？五十歲以後的安藤忠雄，設計興建的美術館愈來愈多。

身為建築師，安藤忠雄在直島當代美術館（一九九二年）、普立茲美術館與藝術家有過相輔相成的互動，甚至在施工時，就讓藝術家進駐創作。

他在六十三歲時峻工的地中美術館，所創造的空間與藝術家更是緊密結合，讓人分不清藝術與建築的分野。可以說，身為建築師的安藤忠雄也成為一名藝術家。而做為藝術家的安藤忠雄，把建築的可能性推到新的層次。

在探索建築的更多可能之際，安藤忠雄持續不斷在日本國內外演講，宣導對抗地球暖化的理念；這一年，他又發表一項計劃，希望能在大阪淀川沿岸的十五公里種植櫻花樹。

六十歲前，安藤忠雄在日本的作品以關西地區為主。之後，東京才漸漸出現幾項知名委託案。

六十五歲時，表參道之丘完工。

這裡原有的同潤會青山公寓是東京人的記憶。安藤忠雄原本也希望能保有舊建築，加以活化，卻因為公寓在震災之後出現公共安全之虞等因素，安藤忠雄擷取原有建築風貌的人文與環境特色，在完工的表參道之丘裡，模擬呈現。開幕之後，成為東京精華地表參道的新地標。

隔年，他與日本服裝設計師三宅一生合作的「21_21設計館」（21_21 design sight）

在六本木都市更新的中城開幕。結合了大片鋼材與清水混凝土的設計，旋即成為另一個東京新地標。

此外，安藤忠雄在國際上的委託案，都是國際矚目的大型建案。比如，六十五歲時，阿布達比邀請四位建築師蓋博物館，除了安藤忠雄之外，還有哈蒂、蓋瑞、二〇〇八年普立茲克獎得主努維爾（Sean Nouvel）。

現在，安藤忠雄六十七歲，每月出國出差一次，在緊湊的工作中，往往忙得忘了自身的身體狀態。他不愛美食、不愛玩車、住在普通公寓裡，沒有物質欲望；他的最大欲望，或許是藉由每項設計案，持續不斷發揮他體內的創作野性，並且盡可能傳遞他對環境、藝術、都市生活、人性等議題的關注。

這些關注，都仰賴他從年輕時就貫徹的執行力，以及不能放棄的意志力。有人問他，如果不做建築家，那麼，要做什麼？他回答，「如果我不做建築家，我的人生就很失敗，沒什麼好說的。」

期待他持續不斷為建築搏鬥，綻放更繽紛的光采。■

註①、④、⑫參見《安藤忠雄建築手法》A.D.A EDITA Tokyo。

註②參見《ANDO Complete Works》, Philip Jodidio, TASCHEN.

註③、⑧、⑨、⑭參見《安藤忠雄連戰連敗》，安藤忠雄著，中國建築工業出版社。

註⑤、⑥參見《安藤忠雄的都市彷徨》，安藤忠雄著，謝宗哲譯，田園城市。

註⑦、⑩、⑬參見《a+u，安藤忠雄》A+U publisher Co, LTD.

註⑪參見《安藤忠雄》，王建國、張彤編著，中國建築工業出版社。

安藤忠雄年表

1941年 0歲 — 九月十三日出生於大阪，另有一個雙胞胎弟弟北山孝雄，以及二弟北山孝二郎。
1948年 7歲 — 入小學。
1952年 11歲 — 小學六年級即展現獨立自主的性格特質，自己到醫院割除發炎的扁桃腺。
1954年 13歲 — 修建自家住宅，在陰暗長屋開一扇窗，感受到光的力量，因而深受感動。
1956年 15歲 — 中學畢業後想進木工廠工作，因家人反對，於是進入高工念機械科。
1958年 17歲 — 為了爭取出國機會，練習兩個多月拳擊便取得職業拳擊手資格，如願出國比賽。
1959年 18歲 — 高工畢業後，在友人的介紹下，到室內設計公司工作。
1965年 24歲 — 日本開放國人赴海外旅遊的第二年，存了一筆旅費踏上出國看建築的旅程，到達俄羅斯、歐洲與印度，並想親見柯比意。但是，在到達巴黎之前，柯比意已經過世。回國後，參加大阪城公園設計競圖獲入選。
1967年 26歲 — 再赴海外旅行，在巴黎遭遇五月革命。
1969年 28歲 — 在大阪梅田站附近的十坪大的房子成立「安藤忠雄建築研究所」。
1970年 29歲 — 幫學生時代的友人興建「富島邸」。
1973年 32歲 — **「富島邸」竣工**。事務所搬家到大阪的本町。
1976年 35歲 — **「住吉的長屋」竣工**。
1978年 37歲 — 在匈牙利首度舉辦海外個展。
1983年 42歲 — **「六甲集合住宅」竣工**。
1987年 46歲 — 擔任耶魯大學客座教授。

1988年 47歲——擔任哥倫比亞大學客座教授。再度主動提案更新中之島，包括建議在中之島公會堂中置入一個蛋形建築。

1989年 48歲——擔任哈佛大學客座教授。**「光之教堂」竣工**。

1991年 50歲——**「真言宗本福寺水御堂」竣工**。受邀在美國紐約MoMA舉行個展。

1992年 51歲——完成「西班牙塞維利亞萬國博覽會日本館」，是座巨大的日本傳統木造建築。**「直島現代美術館」竣工**。

1993年 52歲——在法國龐畢度中心舉行個展。

1994年 53歲——**「三得利美術館」竣工**。

1995年 54歲——日本發生阪神・淡路大地震，安藤忠雄擔任震災復興支援十年委員會委員長。**「直島現代美術館」、「大山崎山莊美術館」竣工**。榮獲建築界的諾貝爾獎——普立茲克獎，是日本第三位獲此獎者。

1996年 55歲——榮獲第八屆高松宮殿下記念世界文化賞。

1997年 56歲——獲邀擔任東京大學工學部建築系教授，高工學歷出身在社會引起話題。受頒英國皇家建築師協會金獎。

1999年 58歲——**發願最深的「淡路夢舞台」竣工**。

2000年 59歲——設立「瀨戶內橄欖樹基金」，為瀨戶內海上遭受汙染的島嶼植樹。比如，為遭產業廢棄物破壞糟蹋的豐島進行復育計劃。
首度在台灣舉行公開演講，一千位聽眾創下當時台灣建築演講史最多聽眾紀錄。

2001年 60歲——**「司馬遼太郎記念館」、「狹山池博物館」、「兵庫縣立美術館」、「神戶水際廣場」、「亞曼尼劇場」竣工**。

2004年 63歲——**「地中美術館」竣工**。第二度來台灣舉行公開演講，二千位聽眾再創台灣建築演講史聽眾人數新紀錄。

2005年 64歲——任東京大學特別榮譽教授。首度為台灣年輕人開辦建築參訪團。

2006年 65歲——**義大利威尼斯皮諾藝術基金會「葛拉喜館」（Palazzo Grassi）修建工程竣工**。

2007年 66歲——在台灣第三次公開演講，一萬三千人進場聆聽，第三度創下台灣建築演講史最多聽眾紀錄。

2008年 67歲——第四度在台灣公開演講，並首度移師台中舉行。

安藤式空間語彙：素面材料、幾何形體、經人為處理的自然

對安藤忠雄而言，建築有三種必要元素：素面材料、幾何形體、經人為處理的自然。

素面材料

安藤忠雄喜歡使用顯露真實材質的素面材料，比如清水混凝土、鋼、玻璃，或未上漆的木頭等。他曾說，使用這些簡單材料的目的是要探索，「究竟這些簡單材料能創造出什麼樣豐富的空間」。他強調，材料並不是他的主題，而材料所圍起來的空間才是他關注的焦點。

儘管安藤忠雄的木造建築也聞名於世，如西班牙萬國博覽會日本館的巨大木建築（一九九二年）、木御堂（一九九四年）等。不過，在世人眼中，清水混凝土似乎已經成了安藤忠雄的素面材質的標記之一。

對此，安藤忠雄說，他就是很單純地喜歡清水混凝土這種材料。此外，他也覺得，清水混凝土是現代建築的象徵，因為它是現代建築中最常見的建材。

特別的是，安藤忠雄雖然喜歡使用素面材料，對於材料本身的質感與色彩，卻相當要求。他自承，因為從小就在鄰居的木工廠中做木頭，每天與木頭為伍，親身接觸木頭材料，熟悉木材的品性、香味與質感。這些五感的體會，讓他明白，想要創造的形式與所需要運用的材料之間，必須有個重要的平衡。

以清水混凝土而言，其他建築師習於將清水混凝土當做建築的內部材料，不在乎表面處理，甚至還要在其上加以裝修、塗彩；但是，安藤忠雄不然。

安藤忠雄的清水混凝土不僅直接成為表面材料，還必須呈顯出細緻的質地。事實上，為了完美呈現質地細緻的清水混凝土表面，安藤忠雄有一套精密的調配比例與施工方法。

安藤忠雄的清水混凝土不只質地細緻，在光線照射下還會釋放一種溫暖。

在製作清水模之前，必須先畫出密密麻的清水混凝土圖面，上面有每一個固定模板用的鐵栓的配置圖。施工時，安藤忠雄會要求每一個轉角，都必須做得非常整齊，才能創造空間的張力。儘管是小地方，比如預留加裝電燈按鍵開關的面板處，無論是長度、寬度或深度，在施工後，務求與牆面一致。

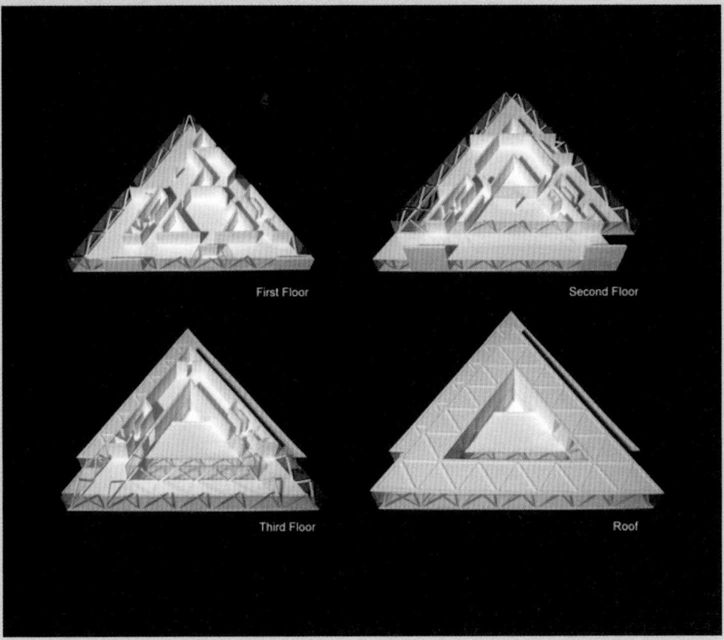

亞洲大學藝術館是由3個三角體堆疊而成。

由於安藤忠雄相當要求清水混凝土的表面質感與細膩度，因此，即使是常常配合的營造廠如大林組等，在施工時總是戰戰兢兢，深怕一不小心灌入混凝土之後，會因為質感不佳而必須打掉重來。不僅耗費成本也延誤工期。

近十五年來常常應邀到美國或歐洲設計建築，安藤忠雄就說，在國外，最大的挑戰之一就是施工品質。比如，他在歐洲曾有過一個委託案，工程進度雖然順利，但是，「施工技術確超乎想像的低落，真是令人欲哭無淚，甚至最後重新進行了混凝土的澆灌工程。」①

為了讓空間說話，材質本身的質感就變得很重要。

在安藤忠雄的清水混凝土牆或地板，不只能摸到細緻的質地，在光線照射下，還可以釋放一種溫暖。這是因為，在安藤忠雄的堅持下，材料本身的材質被凸顯，材質本身獨立存在，不依附他者，也不需要在上面塗鴉或裝飾。

為了維護材質，這些素面材質都必須悉心保養。

觸摸大部分的安藤忠雄建築作品，室內的清水混凝土牆面質感都是細膩的，比如光之教堂、直島現代美術館等地。即使是外牆，比如大阪的安藤忠雄建築研究所、住吉的長屋等亦然。

事實上，每隔十年，這些清水混凝土牆面都必須再刷上一道特殊表面，以維護其質感。不過，也有些作品因為疏於維護，或受限於特殊氣候因素等影響，表面質感較為粗糙，如真言宗本福寺水御堂的參拜路徑牆面。

幾何形體

如果出現在英國田園間的麥田圈，給人一種外星人降臨的靈異感受，那麼，安藤忠雄作品展現的單純幾何形：圓形、方形、三角形，在大地上鋪陳時，也給人一種外星人在地球上做記號之感。

安藤忠雄為什麼會偏好單純幾何形？他認為，單純的幾何是建築的基礎或框架。

安藤忠雄年輕時自學旅行歐洲，從萬神廟與其他古典建築平面上發現單純的幾何形。另一方面，魯斯（Adolf Loos）的建築運用幾何創造出來的各種住宅空間，也令他相當感動。此後，安藤忠雄將歐遊經驗與個人的摸索，鎔鑄為自己的想法。他認為，幾何形相對於自然，是純粹理性的產物，也是人類歷史運用在建築空間上最為基礎的架構，他希望使用這個架構來創造各種不同的空間。

於是，小到光之教堂、地中美術館，大到淡路夢舞台、狹山池博物館，安藤忠雄運用各種單純的幾何形，創造出具有神聖、神祕、藝術、反思效果的空間。在安藤忠雄為亞洲大學藝術館所繪的設計，就是由三個三角體參差堆疊，看似簡單的幾何形，卻能創造出獨特的建築。

安藤忠雄的代表作之一：光之教堂。

經人為處理的自然

安藤忠雄向來喜歡大自然。

少年時期，他在幫自家改建房屋的過程中，便目睹在長屋中開一扇窗，當光線進入室內，對整個空間產生的效果。後來，當他到歐洲旅行看建築，在羅馬的萬神殿，為由天而降，數百年來射入神聖空間裡的光線感動。在柯比意的廊香教堂，他看到光線錯亂地鞭打自己的軀體，於是，他深深體會到，是建築讓光線有了意義。

因此，他認為，表現在建築中，自然必須經過人為的處理，找出其秩序，並且抽象的表現在建築中。

光、天空、水、風，都是他在設計建築時操弄的自然素材，而且，不是消極的條件，是積極條件。

在淡路夢舞台，安藤忠雄援引風，讓風吹過水波時創造的水紋與貝之濱的貝殼線條交錯，形成新的空間秩序。在真言宗本福寺水御堂，安藤忠雄讓光在夕陽西下時從西方射入蓮池下的御堂，也正好從本堂的佛像後方閃現，光與教義結合，空間本身就是個值得不斷閱讀參照的文本。當光線從海之教堂的天花板射入，不需要立十字架，天光已經昭示天地的存在，引人自我反思。

於是，當安藤忠雄經過人為思考並設計的大自然要素相加，建築就具有了力量和光采。

對於安藤忠雄的作品，不少建築評論家給予「創造自我的宇宙」、「充滿神祕感」、「禪意」、「充滿詩意」、「重視大自然」、「充滿哲思」等評論。不過，必須建議的是，欣賞安藤忠雄的作品，尚須保持以下態度：

一、安靜：獨處時，最能感受安藤忠雄作品所欲傳達的語言。

二、用眼看：眼睛能體察光線等細節的微妙處，這是相機的觀景窗所無法捕捉的。■

註①：參見《a+u，安藤忠雄》A+U publisher Co., LTD.

大阪狹山池博物館。

大師·台灣·旅行團

「我看到台灣學生的熱情；在日本學生身上，已經很久沒看到。」

——安藤忠雄，二〇〇〇年十二月二日

身為榮銜難以備載、桂冠無以計數的國際大師，安藤忠雄有項不成文的接案規則：來自非日本地區的委託案，先從企劃案篩選並推掉九〇%，只接見一〇%的提案人。和業主面談後，最後接下三%的案子。

工作行程以五分鐘為單位計算，總為了遍布歐、美、中東的案子奔波，每個月都要出國出差的安藤忠雄，從二〇〇五年開始，竟然做出驚人之舉：不假外人之手，每年親自幫台灣學生舉辦「安藤忠雄講解建築之旅」（Ando Tour）。

為什麼？

安藤忠雄與台灣的不解之緣，要從已故好友笹田綱史說起。

好友牽成，與台灣結緣

一九七〇年代，身為日本新銳建築師的安藤忠雄，曾受日本早稻田大學建築系主任之邀來台會見建築師李祖原。然而，並未引起社會關注。此後二十多年，當安藤忠雄在國際聲名鵲起，受到各國獎項加持之際，卻再也沒有踏進台灣。

二〇〇〇年，交通大學建築研究所教授劉育東動念邀請安藤忠雄擔任遠東建築獎評審，和安藤忠雄素昧平生的他深信，如果貿然寫信邀請，料將石沉大海。於是，他四處探問，想知道哪位友人與安藤忠雄有淵源。就這樣，一通通的日本越洋電話，牽下了安藤忠雄與台灣的聯繫。

偶然間，他撥給同樣專研數位建築的大阪大學建築系博士笹田綱史。「安藤忠雄？你找他做什麼？」率直的笹田綱史在電話上劈頭就問。當笹田綱史聽完劉育東的想法，卻話鋒一轉，還拍胸脯保證說，「沒問題，一切包在我身上。」

劉育東與笹田綱史的感情亦師亦友，但是，劉育東卻從不知道笹田綱史與安藤忠雄竟是莫逆之交，友誼長達三十五年。

後來劉育東方知，安藤忠雄與笹田綱史初出茅廬時，曾是日本建築界兩大「怪胎」。劉育東說：「他們兩人同時成為一本雜誌的封面人物。一個沒有學過建築，先打拳擊，後來做建築；另一個是京都大學建築系博士，建築做得不錯，卻在研究一種叫做電腦的怪東西。」

首度來台演講，展現驚人大師魅力

於是，在笹田綱史邀請之下，二〇〇〇年十二月二日安藤忠雄終於來到台灣。這是安藤忠雄在台灣首度擔任建築獎的評審，也是首度來台舉辦演講。

放眼二〇〇八年的今日，國際級建築師與台灣的交流早已相當頻繁；即使是去年榮獲普立茲克獎的英國建築大師羅傑斯（Richard Rogers）也受邀來台設計建築，還在台北舉行三千人的演講。

然而，看似不遠的八年前，國際大師不僅鮮少來台、不在台灣設計興建建築，遑論在台灣不高的知名度。當年，國際建築大師演講的聽眾人數最高紀錄，是一九九八年英國建築師哈蒂（Zaha Hadid）在台北劍潭青年文化中心的演講，人數大約五百人。一九九九年，遠東建築獎也邀請曾獲普立茲克獎殊榮的某位亞洲建築師來台，聽眾人數竟然只有六十人。

為了安藤忠雄的演講，主辦單位訂下台北國際會議中心的演講會場。但是，到底會有多少人來聽？衡諸前幾年的紀錄，主辦單位只敢訂下一千人的場地。

事後證明，安藤忠雄的魅力，遠超過一千人席次的座位。演講之前，不僅入場券一索而空；當天早上七點，就有許多學生在大門口排隊。這些年輕人寧願苦等十二個小時，熬到晚上七點入場遞補空位，就是要聽安藤忠雄現身說法。結果，全場座無虛席，不僅刷新

台灣建築界演講聽眾紀錄，也是政界首度由閣揆聆聽建築演講。

這場演講，讓台灣的建築人與社會大眾初次感受到安藤忠雄的魅力。事後，安藤忠雄說，當他看到大排長龍的學生，深受感動，他說：「我看到台灣學生的熱情；在日本學生身上，已經很久沒看到。」

安藤忠雄在二〇〇〇年十二月二日的演講，甫開場，就對著聽眾席裡的笹田綱史開玩笑，充分顯現兩人深厚的情誼：

「這一次我來台北擔任評審以及演講，其實是受笹田教授之邀。原本，我覺得來台北路途遙遠，實在很想要拒絕；但是，我想，要是我再拒絕他的話，可能會被他『整』。我跟笹田老師已經是三十五年的老朋友了，我們年紀相仿，而且我們在大阪一起工作至今，所以，這是我為什麼沒辦法拒絕他的原因。」

為交大興建藝術館

安藤忠雄在台灣首度演講成功，令建築界人士喜出望外；然而，透過演講來傳遞美學教育固然很好，如果能在台灣興建一座安藤建築，不是更能傳達他的建築哲學與理念嗎？

於是，二〇〇三年，劉育東寫了一份企劃書，希望安藤忠雄考慮為交大蓋一棟僅容交大建築研究所六十名師生、讓學生能在大師建築裡學習與生活的館舍。儘管劉育東知道，要在國立大學的行政體制下，邀請建築大師興建一棟在設計與工程品質都符合國際水準的建築，並不容易；但是，他寄望結合私人捐款，決心一試。

劉育東在企劃書中說明，基地是在交大大門入口處的一塊小地，初估的總造價是二千五百萬，交大只出得起六%的設計費（國際設計費行情是一五%～二〇%），而且，募款還沒有著落。他嘗試說服安藤忠雄，「台灣的建築系學生需要在台灣看到好建築，如果學生的系館就是名作，淺移默化的影響力很大。」

企劃案寄出之後，劉育東只能靜待上天眷顧。

沒想到，安藤忠雄竟然答應在二〇〇六年三月三十日與他會面。懷著忐忑的心，劉育東再度拜託笹田綱史陪同，一起赴安藤忠雄在大阪的事務所。

當兩人到達事務所，安藤忠雄與笹田綱史卻自顧自地閒話家常，話匣子一開，便毫無休止。不諳日語的劉育東，在一旁緊張不已，不斷自問：「他這樣算是答應我了嗎？」結果，當兩人語畢，不到五秒鐘，安藤忠雄就答應幫交大設計館舍。

「我走出事務所的時候，感動到幾乎要流淚，」劉育東沒料到，在預算尚無著落的情況下，安藤忠雄竟然一口答應。他直覺，這承諾無非是安藤忠雄在回應台灣學生聽演講時的渴望與熱力。

後來，安藤忠雄接受媒體採訪時說，找當代建築大師為建築系學生蓋一棟學習讀書的場所，是一個正確的觀念。「目前世界上，只有哈佛大學建築系做到，第二個就是交大；連日本最好的東京大學都沒有這個觀念。」

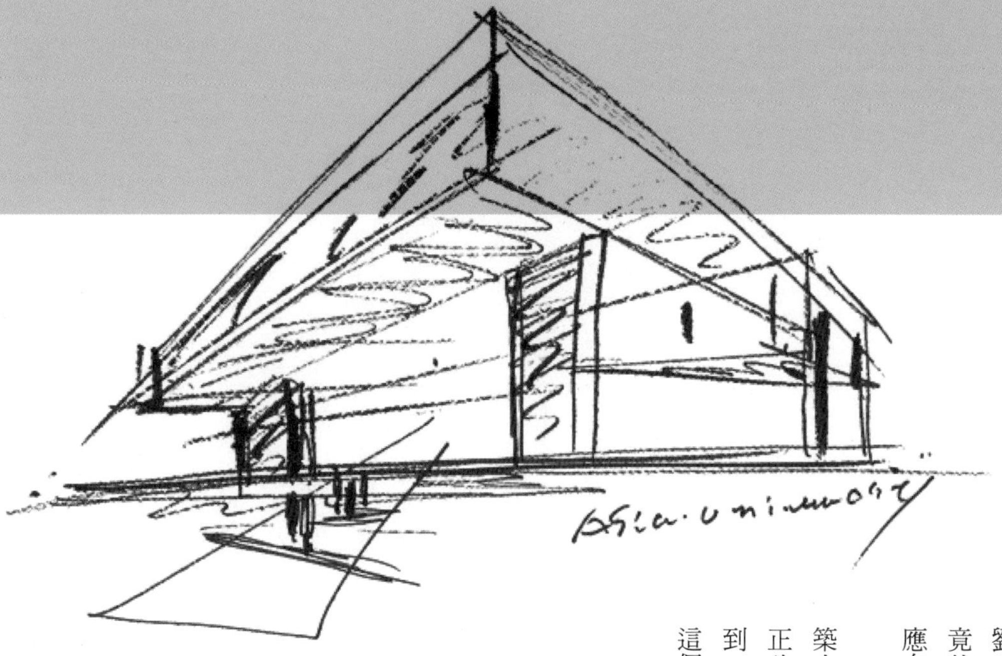

安藤忠雄親手繪製的亞洲大學藝術館草圖。

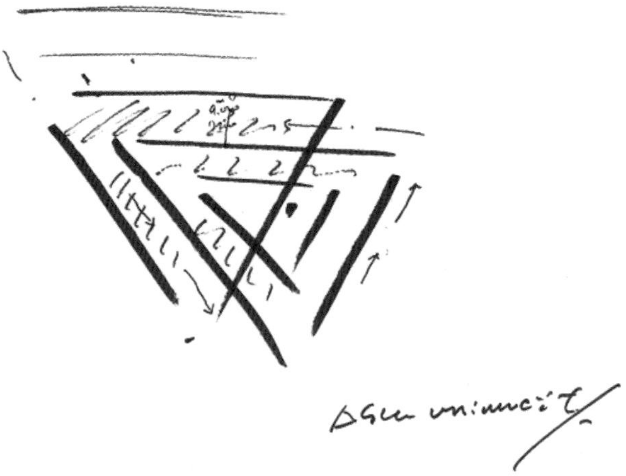

一個月後，安藤忠雄來到台灣，他在笹田綱史的陪同之下，前往交大看基地。這次，他在學校又碰到眼睛發亮的台灣學生，他張開雙臂、露出微笑，不斷與學生合影留念。

首度為學生辦建築之旅

為了回應學生的熱情，二〇〇四年十月九日，東陶公司（TOTO）為安藤忠雄在台北科技大學舉辦了一場兩千人的演講。

距離首度演講已經五年，這一次，安藤忠雄再度看到台灣學生熱情的眼神。他想起自己因家貧而自學的艱辛，想起自己為建築教育可能的貢獻。隔天，在前往迪化街欣賞台灣傳統建築時，他若有所思。

站在一家專賣魚翅的店鋪，安藤忠雄突如其來地對劉育東說：「台灣學生的眼睛是亮的，我在日本從來不會看到。所以，我要為台灣學生辦旅行。」

「我嚇到了！」當時，劉育東疑惑，如此忙碌的安藤忠雄怎麼可能會為其他國家的學生辦旅行團？「我以為他是隨口說說，回國就會忘記；沒想到，他回日本之後就約我，說要辦安藤忠雄講解建築之旅。」事後證明，安藤忠雄是完全自發性地為台灣學生辦建築之旅。

二〇〇四年十二月二十一日，劉育東代表交大到大阪，與安藤忠雄開會。當設計事宜討論暫告段落，安藤忠雄提起有關建築之旅的各項細節。「台灣人現在到日本旅遊，應該要多少錢，一般學生付得起？」安藤忠雄問劉育東。

「三萬元以下，台灣學生應該付得起。」劉育東回答。

安藤忠雄想了想，為了壓低旅費，將安藤之旅的時程訂在天氣寒冷、櫻花未開的日本旅行淡季：二月底，三月初。「那就四天三夜吧！」安藤忠雄說完，隨後親自安排行程，包括學生每天參訪的建築作品，甚至盤算起學生的吃住問題。

淡路夢舞台是安藤忠雄集理念與風格大成之作，當他將淡路夢舞台的行程排入時，提議：「去淡路島住兩天吧！」事實上，淡路夢舞台所在的威斯汀（Westin）飯店價格昂貴，遠非台灣學生能負擔。於是，一旁的三位建築師連忙問：「那麼，是不是去找其他便宜的旅館？」

安藤忠雄卻板起臉：「不行啊，要住威斯汀！我會親自打電話給威斯汀！」

這一幕，劉育東看在眼裡，感受深刻。「安藤先生這麼忙碌的大師，卻親自安排行程表，全然自發性地想為台灣學生辦旅行。」

安藤忠雄希望學生能在密集行程中一覽最具代表性的作品，安排事務所的建築師親自導覽。為了讓學生深刻了解作品的設計緣由，他在行程第一天派出主任設計師為學生演講，隔天，再由他親自上陣為學生演講，加油打氣。

此外，安藤忠雄相當體貼，堅持不因團費便宜而犧牲學生吃住的品質。於是，每年安藤之旅團員前往淡路島時，都是住宿威斯汀。他在設想每天參訪的建築時，都會考慮該建築或當地是否能提供足夠的餐飲，每年還講究菜單變化。

2008 安藤忠雄講解建築之旅行程

3/3（一）

06:30	桃園機場集合
08:35 ~ 12:00	NW070出發前往日本
13:00 ~ 15:00	由關西空港出發
15:00 ~ 16:00	參觀真言宗本福寺水御堂
16:30 ~	參觀淡路夢舞台
18:00 ~ 19:00	安藤事務所資深設計師演講－淡路夢舞台（於淡路島威斯汀飯店宴會廳）
19:00 ~	晚餐

▶ 住宿：淡路島威斯汀飯店

3/4（二）

08:00 ~ 09:00	夢舞台植樹式
09:00 ~ 10:00	前往兵庫縣立美術館
10:00 ~ 10:45	安藤先生演講（於兵庫縣立美術館）
10:45 ~ 11:15	紀念攝影、簽名
11:15 ~ 12:00	參觀兵庫縣立美術館＋水際廣場
12:00 ~ 12:45	午餐（於兵庫縣立美術館）
12:45 ~ 14:00	移動
14:00 ~ 15:00	參觀大山崎山莊美術館
15:00 ~ 16:00	移動
16:00 ~ 19:00	自由時間

▶ 住宿：淡路島威斯汀飯店

3/5（三）Group A

07:00 ~ 11:00	前往岡山宇野碼頭
11:00 ~ 11:20	搭乘四國汽船
11:30 ~ 12:00	參觀
12:00 ~ 12:30	午餐（TICKET CENTER）
12:30 ~ 14:00	參觀地中美術館
14:00 ~ 14:10	移動
14:10 ~ 15:40	參觀直島現代美術館
15:40 ~ 16:40	移動
16:40 ~ 17:00	搭乘四國汽船
17:00 ~	前往神戶
18:30 ~	姬路晚餐

▶ 住宿：神戶 Crowne Plaza Hotel

3/6（四）

08:30 ~ 09:30	前往大阪
09:30 ~ 10:30	參觀中の島新線工地
10:30 ~ 11:30	移動
11:30 ~ 12:30	參觀司馬遼太郎紀念館
12:30 ~ 13:30	（車上享用便當）
13:30 ~ 14:30	參觀狹山池博物館
14:30 ~ 16:10	前往關西空港
16:10 ~	辦理登機手續

經過一系列貼心又複雜的聯繫與考量，二〇〇五年三月，由安藤忠雄建築研究所主辦、交大建築所協辦的「安藤忠雄講解建築之旅」正式登場。一百個名額，開放網路報名，幾十分鐘內就額滿了。

跟著安藤忠雄看建築

這是建築大師安藤忠雄首度為一個國家的學生辦建築旅遊。

行程中除了看建築，還是看建築。所有的行程安排與講解，都由人數僅三十人的安藤忠雄事務所包辦；事務所員工，除了一名會計之外，全都是建築師。

隨團講解的每位安藤忠雄事務所的建築師，平均年紀不到三十五歲，雙眼卻都與安藤忠雄一樣，有著濃濃的黑眼圈。

一位建築師說，每年的台灣安藤之旅，他都會被派出來支援講解與導覽。儘管安藤忠雄在全世界都有無數的案子正在進行，每位建築師也總是熬夜做設計、睡眠不足，然而，每年二月底、三月初，當台灣團員來到關西，安藤忠雄總是堅持要他們放下工作，為台灣團員講解。「因為安藤先生認為，建築師最重要的就是跟業主溝通；安藤先生希望我們也能學習如何跟人溝通，這也是他給我們的訓練之一，」他說。

翻開二〇〇五年的安藤之旅團員名冊，除了來自各大專院校的四十名建築系師生，四十位建築、設計與景觀專業的從業人員；還有知名社會賢達如國家文化總會祕書長陳郁秀、建築師龔書章、作家舒國治等。

安藤忠雄的大師魅力席捲台灣的年輕學子。不論演講、參訪團、各類著作，都掀起陣陣旋風，安藤先生也不吝與年輕人分享他的理念。

安藤之旅中，雖然人數高達百人，且必須在四天內參訪近十棟建築，有人覺得吃不消，也有人覺得擠滿了人的安藤建築，不容易體會出安藤建築的孤獨感、空間感與神性。然而，卻也有人直言，以學生能負擔的團費，如此緊湊的行程安排目的本來就是只能對安藤忠雄的建築做「簡介」或「初探」，有興趣的人，可以擇期再行前往。

儘管如此，許多團員回台灣之後，紛紛在網路上成立分享社群，利用照片上傳、部落格文字，討論建築工法、分享旅程中的點點滴滴。在虛擬的社群之外，許多人甚至租下咖啡廳，利用投影設備放映行程中所拍下的建築照片，話題廣集建築、美學與攝影技巧。這些互動與串連，或許是安藤忠雄在籌辦活動時始料未及的。

一位當年的學生團員說，旅途中不僅一睹安藤建築的理念，體會安藤忠雄敏感而纖細的做事方法，在司馬遼太郎記念館聆聽安藤忠雄的演講時，更讓她學到積極不服輸的奮鬥精神。

笹田綱史過世

為台灣學生策劃的建築之旅成功了；但是，一手牽起安藤忠雄與台灣友誼之手的笹田綱史，卻在二〇〇五年九月底過世。十月初，安藤忠雄在笹田綱史的告別式中慟哭失聲，真性情表露無遺。

「安藤忠雄講解建築之旅與笹田教授有絕對的關係。如果沒有他，我就邀請不到安藤忠雄來演講，也不會促成今天的建築之旅，」劉育東說。

二〇〇五年進入尾聲之際，安藤忠雄到底還會不會繼續為台灣學生舉辦建築之旅？

苦待多時，當年年底，安藤忠雄終於主動通知劉育東，願於二〇〇六年，繼續舉辦。不僅名額增加到一百六十名，安藤忠雄甚至破天荒地提議，「明年再辦的話，我們要安排一個看工地的行程。」

消息傳來，台灣建築學子大為振奮。一方面，二〇〇五年向隅的學子與專業人士，都將有機會跟著安藤忠雄看建築；另一方面，有機會實地走訪建築工地，不但能看到日本純熟的建築工法與營造水準，或許能一睹他的清水混凝土的施工方式。

不出所料，二〇〇六年的建築之旅，再度引起學子與業界熱烈響應。除了各大專院校的建築系所設計學院學生之外，名建築師黃聲遠甚至帶著十幾名事務所員工，一起觀摩大師作品、全員學習。

不過，安藤忠雄的突發奇想，卻給了大林組等營造廠商一個大難題。

為了讓台灣團員看工地，現場必須停工半天，還得為一百六十位團員準備安全帽、粗布手套。著裝完畢之後，將團員分組，分批進入工地。為了兼顧分組與控制時間，工地現場必須規劃精確的行進動線。此外，工班還得準備一百六十份資料、耳機、投影螢幕與對講機等設備。

「許多坊間的建築旅遊團會帶團員出去看建築，但只有安藤先生對台灣人的用心，才能看到真正的施工。這些，都是安藤先生為台灣人設想的事情，」劉育東說。直至二〇〇八年，每年的安藤之旅都排入工地參觀行程。

從台灣學生身上看到許久不見的熱情

台灣的安藤忠雄講解建築之旅成功了。二〇〇六年，韓國與中國大陸也跟進，希望複製台灣經驗，跟著安藤忠雄看建築。

只不過，韓國與大陸的團員各自只有三十多位，行程也並非只是看建築，還參雜旅行團典型的購物與旅遊行程。更不同的是，在韓國與大陸的團員身上，安藤忠雄看不到台灣團員那樣引人會心一笑的熱情。

台灣人對安藤忠雄的熱情在二〇〇七年六月九日達到高峰，在台北小巨蛋舉辦的第三次演講，一萬三千名聽眾創下史上紀錄；還有一萬多人報名卻未能如願入席聽講。二〇〇八年三月三日，這趟安藤之旅有多達一百九十六名台灣團員加入陣容。當兵庫縣立美術館演講廳內興奮不已、卻鴉雀無聲的團員們，親眼見到安藤忠雄步入現場時，團員們拍紅的雙掌也無以表達對大師的感佩與敬意。

會後，團員們蜂擁至美術館大廳的簽名桌，買下安藤忠雄的著作，響應安藤忠雄將收入捐給綠化基金的義行。簽名桌前長長的人龍，鑽動等待的人頭，就為著安藤忠雄的親筆簽名。許多人拿到簽名，拿著書，捨不得合攏書封，幾乎要痛哭流涕；一轉身，拿起相機，瘋狂地想要拍下安藤忠雄簽名的身影。

兵庫縣立美術館與前方的階梯，天水一色，盡顯瀲灩。

簽完最後一本書，安藤忠雄邁出美術館，邊走邊用扁梳梳整他的妹妹頭，隨後舉起雙手，快速步入館前的階梯，與團員合影。

才合照完畢，安藤忠雄馬上被來自交大、亞洲大學等各大專院校的學生熱烈包圍，學生排好隊形，拉著安藤忠雄就要合照；這廂照完，那廂又排好隊形等著安藤忠雄。就這樣，應著笑鬧聲不斷的學生要求，他多拍了十多分鐘照片。

這樣的活力與元氣，應該就是安藤忠雄在日本學生身上看不見的熱情，也是安藤忠雄為什麼願意主動帶著台灣學生看安藤建築的原因吧！■

安藤忠雄經常在演講後舉辦簽書會，並將賣書所得捐做綠化基金。

給台灣學子一棟動人的建築

從交大建築館到亞大藝術館

劉育東

劉育東
亞洲大學副校長
交通大學建築研究所創所教授
哈佛大學建築博士

二〇〇八年一月，安藤忠雄來台召開記者會，宣布將為亞洲大學設計藝術館，並公布設計初稿，預計二〇一〇年初完工。

一路走來，我深覺欣慰。

故事，要從一九九四年說起。那年，我從美國哈佛大學學成，回國赴交通大學應用藝術研究所設計組服務。其後，於一九九六年設立建築組，一九九九年正式成立建築研究所。我的專長雖在「數位建築」，但當有機會在交大興建一棟師生學習的館舍時，我們透過已故的大阪大學教授笹田剛史引薦，在二〇〇三年六月底，獲得安藤忠雄首肯，設計「交大建築館與美術館」。

當時，安藤忠雄所獲得的國際獎項等身，不只國際盛名，他的粉絲也是全世界最多的。但是，他竟然「一口答應」。

令人感動的是，他說，建築系學生應該多看世界名作，而且，如果能在大師名作中生活與學習，就能學好建築，「世界上，只有哈佛建築系和交大建築所，有這樣的企圖。」

他認同交大的理念，雖知交大的經費並不寬裕，仍爽快答應，並接受遠低於國際與日本行情的設計費，換算只約日本建築造價的一四%。隨後，設計圖完成，是棟「有方有圓」的安藤建築。

然而，好事多磨，後續的推動與執行卻遭遇波折。

雖然安藤先生負責建築設計，但是，施工執行卻是由台灣來負責，我們毫無經驗。結果，交大辛苦募款所得的經費，甚至不足以興建美術館。經費無法增加，於是，只能大幅減少面積，以求品質。此時，安藤先生卻又二話不說，不僅重做設計，而且不向我們追加設計費。

當新的設計圖出爐，新的建築模型也完成，這一次，是個「有方有尖」的安藤建築，交大的團隊都相當雀躍，也引人艷羨。關心的人們也常探問：「進度如何？開工了嗎？何時完工？可以去看了嗎？」

但是，好景不常。新設計經過估價後，又遭遇經費不足、行政困難等窘境，儘管已經舉行了「動工典禮」，仍遭遇停工的命運。對此，我自責不已，除了向安藤先生致上最深的歉意，並保證：「我會盡全力，用最快速度找到錢、找對人，儘快動工。」

沒想到，安藤先生反而拍拍我的肩膀說：「不要急，建築就是這樣，會耽擱，甚至沒蓋起來。但是，有些傑作，都是在耐心等候下完成的。」

安藤先生一席話，雖令人安慰，也令我深覺虧欠。我覺得，我不僅辜負安藤先生，也虧欠台灣與交大學生一棟安藤建築。

從二〇〇〇年以來，安藤先生數度來台灣演講，將自學的精神與建築的理念感染給台灣學子；此外，他以建築美學教育為出發點，從二〇〇五年開始，便親自為台灣學子舉辦安藤忠雄講解建築之旅，甚至傾全事務所之力支援。至今，每年從不間斷。

他，是位真正感動人的藝術家和教育家，對「建築」和「人」的態度都一樣真誠可貴。

二〇〇七年，同樣重視教育的亞洲大學創辦人蔡長海先生，殷切盼望能邀請安藤先生為亞洲大學的學子設計興建一棟藝術館。為此，蔡創辦人在台北小巨蛋苦候安藤先生五小時，只為了在他上車前的十秒鐘，親自邀請。

安藤先生認同蔡創辦人的教育理念，於是，二〇〇七下半年，安藤先生同意為亞洲大學設計「亞洲大學藝術館」。

這一次，我對自己說，只許成功，不許失敗。

一方面，感謝業主給予經費支持，將因為預算而產生的問題降到最低。此外，此案還邀請姚仁喜先生委身擔任在地建築師。「這次一定要蓋起來，不容出差錯，」蔡創辦人數度邀請我擔任亞大副校長。我雖經百般懇辭，後來，為使亞大藝術館一案的各項溝通協調能順利進行，我答應借調至亞洲大學一年。安藤先生也給予肯定，他說：「我們十分清楚，你為我們組了最好的團隊。」

從一九九四年至今，十四年來，我對建築教育的熱誠不減；從交大到亞大，我衷心希望安藤先生在台灣的第一棟作品能夠問世；讓台灣學子在一棟最動人的安藤建築裡學習、生活。■

（藍麗娟整理）

亞洲大學藝術館即將成為安藤忠雄在台灣的第一棟建築，預定2010年初完工。

獨家專訪　安藤忠雄

愛地球・熱情・永不放棄

清晨，朝陽自瀨戶內海升起，安藤忠雄講解建築之旅的團員兵分八路，臉上閃著燦亮亮的光，直上淡路夢舞台，要登上最高處。

起大早爬山，為的是安藤忠雄先生最重視的活動之一－植樹式。每年，安藤忠雄建築研究所主辦、交通大學建築研究所協辦的台灣安藤忠雄講解建築之旅，植樹式永遠是不容刪減的重頭戲。

斜斜的小丘上，安藤忠雄建築事務所的工作人員，與其他代表團員一起彎腰執鏟，費了點力氣，終於種下一棵樹苗。於是，立下一支寫著「二〇〇八台灣交通大學建築研修記念植樹」字樣的木片，標誌著今年台灣安藤之旅的植樹紀錄。

淡路夢舞台，是安藤忠雄恢復大自然，重視環保的力作。事實上，早在淡路夢舞台真正建設的前五年，安藤忠雄就堅持先種下二十五萬株樹苗，恢復這塊因為興建關西國際機場而被挖空土石的基地。後來，淡路夢舞台完工，不僅舉辦了盛大的花卉博覽會，安藤忠雄更持續不斷帶著參訪者來此植樹。每種一棵樹，他都殷切希望：「大家十年後再來，因為，可以一起見證這些樹木的成長。」

身為一個建築師，安藤忠雄如何讓建築與大自然共生？在全球暖化的今天，名列世界建築三大師的他，期盼透過一次次的具體實踐，向世人傳遞什麼理念？以下是植樹式後，他在兵庫縣立美術館，接受本書作者的專訪內容。

Q

安藤忠雄在兵庫縣立美術館接受本書作者專訪。
（中為安藤忠雄，右為匈牙利籍實習生）

Q：今天早上在夢舞台安排了一場植樹儀式，聽說這是你一向強調的重要行程。請問，你想要藉此向世人宣示什麼？

A：大約二十年前開始，日本召開地球高峰會，倡議環境、綠化與臭氧層問題等議題。當時，美國對於多數國家都贊同的「京都議定書」仍抱持反對的態度。

然而，當時我已經四處演講，講述地球環境惡化的現況。事實上，二十年前，我就開始藉由建築來關心環保。

距今大約一百年前，全球人口總數大約是十億。一九六〇年，人口變成三十億，現在，已經有六十七億人口。根據估計，二〇五〇年時將高達九十億人口。

可是，地球的大小並不會改變。因此，即將衍生的問題是：因為人口太多，導致糧食

A

每年的參訪之旅，植樹式是永遠不容刪減的重頭戲。

不足、能源不足、缺乏資源，可是人口還是繼續增加當中。所以，一切都回歸到地球環保的問題。

亞洲對環保問題一直比較不那麼關心，破壞的情形也時有所聞。在亞洲國家裡面，日本算是比較特別的，它一直關心環保議題。

兩百年前的江戶時代開始，就有一種與自然共生的思考。此刻的日本，在面向世界諸國時，展現的是什麼面貌？

二十年前，日本是個經濟大國的面貌。我個人認為，日本現在需要以自然環境做為國家的風貌，這不僅僅是對地球好，也因為日本已經具有良好的基礎。

從二十年前開始，我已經在思考如何將一些早已遭破壞的自然環境恢復，而且，我希望這樣的思考能讓亞洲國家其他所有人都能理解。

所以，今天清晨在淡路夢舞台植樹，或是我們現在專訪所在的兵庫縣立美術館，館外仍持續植樹，我希望藉由這些植樹的過程，呼籲大家關心環保。我希望能和所有的亞洲人，一起思考環保的問題。

與自然共生的建築家

Q：為什麼你覺得日本現在需要以自然環境做為國家的面貌或風貌？

A：日本人在二十年前可能會認為自己是亞洲的頂尖，但我認為這是不對的。在台灣曾有李登輝，新加坡有李光耀，馬來西亞有馬哈地等有見地的領袖，可是，日本換過好多人，沒有一位所謂的真正的領袖。可以說，日本沒有所謂的思想，可是，另一方面，日本卻是非常細心、仔細的勤奮民族，日本人很會做東西，所以我們做出世界上最好的商品，世界上最好的建築。

比如，日本的豐田汽車（TOYOTA）是世界上最不容易故障的車，但卻沒有個性。法國或德國的汽車很有個性，卻常常故障。

日本是個不希望太突出個性，甚至在教育上都要消弭孩子個性的國家。我們可以說，日本是個大量生產的國家。

A 現在已經不是大量生產的時代了，做為地球村的一員，日本必須對全世界提出主張。

Q 為什麼你覺得日本現在需要以自然環境做為國家的面貌或風貌？

可是，現在已經不是這種大量生產的時代了。身為地球村的一員，日本必須要對全世界開始主張。因此，我認為，藉由種下一棵小小的樹苗，若是能讓每個人都因此而關心環保，就是我們可以做的主張。而我，雖然是從日本這個國家發聲，但我想的卻是關於整個地球。

Q：這似乎也是你有別於世界其他重要建築家之處，是嗎？

A：我的委託案來自全世界。像是古馳集團總裁皮諾（Francois Pinault）委託我蓋義大利威尼斯的皮諾現代美術館葛拉喜館（Palazzo Grassi）、服裝設計師亞曼尼（Giorgio

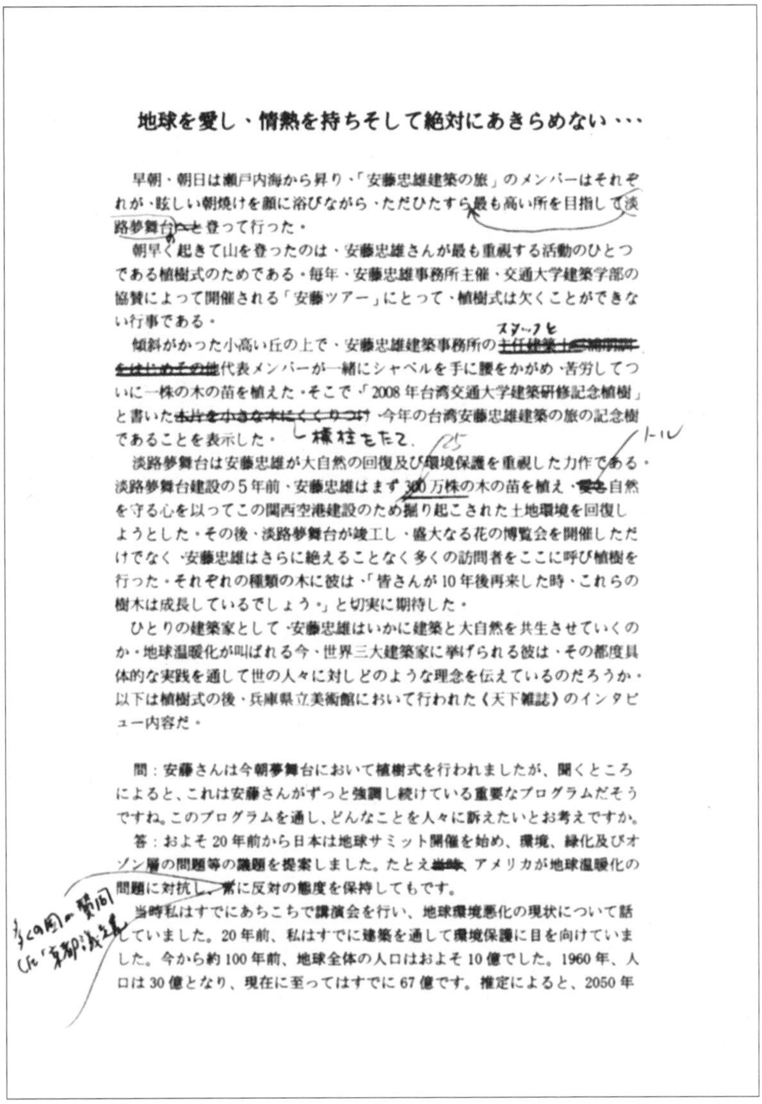

地球を愛し・情熱を持ちそして絶対にあきらめない・・・

早朝・朝日は瀬戸内海から昇り・「安藤忠雄建築の旅」のメンバーはそれぞれが・眩しい朝焼けを顔に浴びながら・ただひたすら最も高い所を目指して淡路夢舞台[illegible]登って行った・

朝早く起きて山を登ったのは・安藤忠雄さんが最も重視する活動のひとつである植樹式のためである・毎年・安藤忠雄事務所主催・交通大学建築学部の協賛によって開催される「安藤ツアー」にとって・植樹式は欠くことができない行事である・

傾斜がかった小高い丘の上で・安藤忠雄建築事務所の[illegible]代表メンバーが一緒にシャベルを手に腰をかがめ・苦労してついに一株の木の苗を植えた・そこで・「2008年台湾交通大学建築研修記念植樹」と書いた[illegible]・今年の台湾安藤忠雄建築の旅の記念樹であることを表示した・

淡路夢舞台は安藤忠雄が大自然の回復及び環境保護を重視した力作である・淡路夢舞台建設の5年前・安藤忠雄はまず300万株の木の苗を植え・[illegible]自然を守る心を以ってこの関西空港建設のため掘り起こされた土地環境を回復しようとした・その後・淡路夢舞台が竣工し・盛大なる花の博覧会を開催しただけでなく・安藤忠雄はさらに絶えることなく多くの訪問者をここに呼び植樹を行った・それぞれの種類の木に彼は・「皆さんが10年後再来した時・これらの樹木は成長しているでしょう・」と切実に期待した・

ひとりの建築家として・安藤忠雄はいかに建築と大自然を共生させていくのか・地球温暖化が叫ばれる今・世界三大建築家に挙げられる彼は・その都度具体的な実践を通して世の人々に対しどのような理念を伝えているのだろうか・以下は植樹式の後・兵庫県立美術館において行われた《天下雑誌》のインタビュー内容だ・

問：安藤さんは今朝夢舞台において植樹式を行われましたが、聞くところによると、これは安藤さんがずっと強調し続けている重要なプログラムだそうですね。このプログラムを通し、どんなことを人々に訴えたいとお考えですか。

答：およそ20年前から日本は地球サミット開催を始め、環境、緑化及びオゾン層の問題等の議題を提案しました。たとえ[illegible]アメリカが地球温暖化の問題に対抗し、常に反対の態度を保持してもです。

当時私はすでにあちこちで講演会を行い、地球環境悪化の現状について話していました。20年前、私はすでに建築を通して環境保護に目を向けていました。今から約100年前、地球全体の人口はおよそ10億でした。1960年、人口は30億となり、現在に至ってはすでに67億です。推定によると、2050年

Q 你認為，當前一個好的建築家，應該具備什麼特質？

相較於其他多數的建築師，安藤忠雄更為重視「珍視大自然的感性」、「與自然融為一體」。圖為淡路夢舞台。

A 我是亞洲人，身為一個亞洲建築師，當我思考時，我也會思考到台灣、韓國，甚至全亞洲的環保議題。

Armani）、電影「駭客任務」（Matrix）製作人都會請我幫他們做設計。但是，基本上，他們委託我的理由，都是因為我是一個會思考與自然共生的建築家。

這是我和其他建築師不同之處。

很多建築師都可以蓋很大、很漂亮的建築物，例如我的朋友皮亞諾（Renzo Piano，義大利建築大師）或佛斯特（Norman Foster，英國建築大師）都能蓋出很漂亮的建築物。可是，我珍視大自然的感性，「與自然融為一體」，是其他建築家所沒有的；這也代表，我是一個亞洲人。因此我想，身為一個亞洲建築師，當我思考時，我也會思考到台灣、韓國，甚至亞洲的環保議題。

愛地球、熱情、永不放棄

Q：你認為，當前一個好的建築家，應該具備什麼特質？關心環保，是不是個重要特質？

A：我認為，首先，他必須具備愛地球的特質；其次，必須具備永不放棄的特質，此外，還必須要有熱情的特質。

Q：這是你之所以在公開場合，不論是日本國內外，都不忘宣揚環保的理念的原因嗎？

A：我認為，透過許多國際交流，我們一起去宣導環境的理念，相信地球環境將會變好。

台灣人很喜歡表達自己的意見；反觀日本人，就不會表達個人意見，這樣並不好。我認為，和對方進行對話，並且相互理解，地球應該就能夠變得更好吧。

即使有海峽相隔，日本還是緊鄰著台灣、韓國、中國。我認為，未來將會是個沒有國界的時代。再過幾年，因為我們都是鄰居，可能出國也不需要護照了。然而，到目前為止，很多日本人其實仍沒有這樣的想法，我希望透過我的建築去宣揚這樣的理想。我認為，日本人在蓋建築物的技術上的確是優秀的，卻缺乏夢想。

Q：怎麼說呢？

A：我自己本身是個很有夢想的人，一般的日本人卻不是如此。現在的日本人，比如說要製造車子，不會想要造世界第一的車子，他們要的只是普通的生活、普通的車子。

一九六〇年代的日本，曾經有過有夢想的企業家。比如新力（Sony）、松下（Panasonic）、本田（Honda）的領導者們。當時本田曾經有志打造全世界最快的車子，可是現在日本已經沒有這樣的人了。我自己希望能創造許多的世界第一，但這樣不夠。我認為，一個社會、國家需要有很多具有這種志願的人，國家才會變得愈來愈好。

以此而論，台灣跟日本不一樣，台灣還有很多夢想，還有很多空間。韓國也是。而我，能跟具有相同夢想的業主一起進行建案，就能夠把這樣的夢想擴大。而且，若能透過這樣的行動，讓台灣更多的人來關心環保問題就更好了。我自己是希望能和這樣的人一起工作。

十年後再來，見證樹木成長

Q：所以，業主是否與你具有同樣理念，是你現在挑選案子的關鍵嗎？

A：說真的，我現在的委託很多，我已經不想為錢工作。的確，在台灣、韓國、歐洲都有這樣一些好的業主。

我覺得，人跟建築是一樣的，我們要想辦法讓他更美麗。我想要看到美麗的人，想看到美麗的建築。例如，我們今天看到的夢舞台，十年前，它其實是一片荒蕪。現在，安藤之旅的團員們每年來到這裡，就會種下小小的櫻花樹，我希望，大家十年後再來，一起見證這些樹木的成長。

的確，淡路島這樣大的規模，也是世界少見。我們希望能夠把自己辛辛苦苦興建的建築物，小心謹慎的使用它、維持它。然後和許多各國的來訪者，一起讓這個場所變得更好。

Q 業主是否與你具有同樣的理念，是你現在挑選案子的關鍵嗎？

Q：所以，不論那個國家的安藤建築參訪團，你都持續地帶他們種樹吧？

A：上星期天我去了直島，因為有一百個人特地從東京到直島去。然後，我又帶大家去種樹了。

我覺得，說不定，台灣今後的環境問題會愈來愈嚴重，如果能透過諸如種樹的過程來宣導，或許十人會有一人能理解吧？我相信，透過這樣的活動，很多人會理解自己對社會的責任。我雖然不是（日本社會中所謂具有高學歷的）精英分子，但我對自己的想法會一直堅持。

Q：你曾經提過，日本是個注重精英的社會，你的切身體會是什麼？

A：一九八〇年代我在哈佛建築系當客座教授，當時哈佛並沒有要求我提出履歷書；反觀日本這個社會，不論做什麼事，都要看你的履歷。後來，東京大學也沒有看我的履歷書，就聘我去建築系教書。不過，這是個特殊案例。

我希望我能改變日本這種只注重學歷的時代。我認為，將來會邁向一個能正確評價個人能力的平等時代。

今年四月份，我會在東京大學開學典禮上演講。東大是日本最好的學校，有三千名新生。雖說新生只有三千，但開學典禮卻會有六千人出席，因為還有家長。我預備在東大開學典禮上強調，希望每個人都能自立自強。我想，既然要開始學習獨立，那麼，三千名新生就不應該準備六千個座位。

結果，校長卻說，不行啦！如果請家長出去，會很不好意思。可是，我真的覺得，孩子一定要離開父母獨立，如果一直受到父母的保護的話，無法培養責任感。

（我身邊）這位先生來自匈牙利。大家都知道，匈牙利或波蘭曾有段非常嚴峻的歷史，所以那裡成長的青年是非常優秀的。若是日本的青年，大約是一九四五年（第二次世界大戰末期）時正值二十歲的青年是最好的，這些人目前已經都八十幾歲了。可以這麼說，是李登輝先生二十歲的年代。

因為他們成長在非常嚴酷的社會環境，所以很優秀；所以，當台灣以後愈來愈富庶，

A 我覺得，人跟建築是一樣的，我們要想辦法讓他更美麗。我想要看到美麗的人、美麗的建築。

Q 除了思考與自然共生，對於建築，你認為最需要思考的還有什麼？

或許大家就會開始發呆；大概再二十年，每個人都會像日本這樣。因此，需要透過教育來改革。所以，我真的希望透過建築，或是透過今天這樣的場合（安藤忠雄講解建築之旅），在各方面不斷的交流。

愛自己的家鄉，為家鄉貢獻力量

Q：除了思考與自然共生，對於建築，你認為最需要思考的還有什麼？

A：建築物其實不一定要大；我們要想，該怎麼去使用它。因為，如何使用才是建築物最重要的目的。所以，一定要去思考。

我覺得，這個美術館（兵庫縣立美術館）太大了，可是它的大小不是我能決定的，而是業主決定的。我說太大了，結果，他們說，安藤先生，這樣我們不找你蓋了喔！建築家是沒有發言權的，不過，我認為，兵庫縣立美術館如果能再小一點會更好。

所以，我會先思考該怎麼使用，才會蓋建築。比如，美術館外面應該有很多綠意包覆，在一片綠意裡培養所謂的藝術。

Q：除了與自然共生，你還希望透過建築提出什麼樣的主張？

A：日本的棒球選手，已經有二十七人，比如松坂大輔等好球員，都在美國大聯盟打球。不僅是棒球，日本其他領域也有許多類似的例子。我想，台灣以後可能也會這樣，無論是學者或是藝術家可能也會到國外服務。這樣的時代會來臨。

所以，在這個時代，我們可能會離開家鄉，有人離開，有人到來。正因為如此，我們更要培養愛自己的故鄉的心，你要愛台灣；比如我是大阪人，我愛大阪。這是我透過建築要表達的重要主張：透過建築，創造好的環境，非常重要。

大家都知道，一九九五年發生「阪神‧淡路大震災」，這個地區受到極大的創傷。當時，我是復興委員會的委員長。經歷震災之後，如果大家不能覺得回到這裡居住很好的話，此地就會變成一個廢墟。為了要讓受災戶的人們再次回到自己的家園，我曾經費了不

A 在這個時代，我們可能會離開家鄉；有人離開，有人到來。正因為如此，我們更要培養愛自己故鄉的心。

像瀨戶內海這樣的美景，應該努力保護它。

少苦心。

我平日大多待在大阪，但在神戶搭計程車時，平均大約每兩次就有一次會被計程車司機先生認出來。為什麼？我認為，這是因為神戶人知道我在公開場合為神戶所盡的力量。

Q：像你這樣的主張，似乎是其他建築師少有的，是嗎？

A：像我這樣的思想與主張，是其他建築家或藝術家比較沒有提及的。比如，今天早上為台灣安藤之旅所舉辦的簽名會上，我為各位簽名的書籍版稅全部捐給保護環境的綠色組織。

我的事務所大約有三十人，每個人都得了建築病（眼中所見盡是建築），除了建築以外的事物都不感興趣。也許其中有人會問，為什麼要種樹？我覺得，目前在做的事，如果十人裡有一個人能夠理解，並且感到重要而傳遞出去，我覺得是很棒的。

最後，我想談談淡路夢舞台前面的瀨戶內海。距今一百五十年前，來到日本的外國人稱讚瀨戶內海是最棒的海景，因為它真的非常美麗。甚至，有人盛讚瀨戶內海的景色已經是天堂。像這樣的景色，我們一定要去保護它，為了一起生存在這個地球上的人類與萬物。■

跟著安藤忠雄學什麼？

二〇〇〇年，安藤忠雄首度來台演講，會場座無虛席，一千名聽眾創下當時台灣建築演講最多人數。其實，早在這場演講之前，台灣社會各界早已潛藏許多喜愛安藤忠雄作品或理念的人士。

首先是各大學的建築系所學生。

許多一九九〇年代的建築或設計相關科系畢業生指出，讀書時，「安藤忠雄」就是一個主題，教授會指定要求他們從安藤忠雄的作品集裡，分析他如何處理光線、幾何等表現手法，施做清水混凝土的專業方法，並探討安藤忠雄作品的哲理。於是，當安藤忠雄首度來台演講，便吸引許多曾經在課堂中耳濡目染安藤作品的學生或建築專業人士，親炙大師風采。

在藝術與美學界，也早有孺慕者。

二〇〇〇年時擔任文建會主委，陳郁秀現任國家文化總會祕書長、兩廳院董事長。她說，上任之後，隨即將建築納入文建會的領域，因為「建築是最大的藝術品」。

十五歲便留學法國的她，早在一九九五年安藤忠雄為聯合國教科文組織總部設計興建「冥想之庭」（Meditation Space），便曾經親赴巴黎造訪，為安藤忠雄關注歷史與人類存在意義的哲思而感動。

台灣學生對於安藤忠雄特別熱情。

從二〇〇〇年起，安藤忠雄每回來台灣，不論演講、看基地，或是簽名等場合，都有

台灣年輕學子對安藤忠雄及其作品的熱力，確實是亞洲少見。圖為歷年來參訪團團員在行程中專注體驗、聆聽導覽的情況。

充滿活力的年輕學生閃著亮采的眸子，包圍在安藤忠雄身邊。

不少年輕學子說，安藤忠雄不因家貧而放棄追求夢想；他屢敗屢戰的精神，即使已經得到普立茲克大獎等桂冠，卻仍承認自己仍在不安中摸索建築的真義，創造建築的可能性。這種不因大師身分而「高高在上」的謙卑，令人感動。

將台灣學子納入安藤獎學金

二○○四年，安藤忠雄第二度來台演講，對於台灣學子的熱情，依然印象深刻。這年年底，他決定從隔年開始，要為台灣學子舉辦安藤忠雄講解建築之旅，也要將台灣學子納入安藤獎學金（Ando Program）的獎助之列。

一九九三年，安藤忠雄獲得丹麥的卡爾斯伯格獎（Carlsberg Award）。當時他捐出獎金，補助亞洲學生到日本學習建築；後來，大阪府結合安藤忠雄後來再捐助的獎金，並向建築業界募捐經費，成立「大阪府海外短期建築、藝術研修生招聘事業」（Osaka Invitational Program for Short-term Overseas Trainees in Architecture and Arts），每年邀請亞洲國家的建築與藝術學子赴大阪學習建築一個月，就是俗稱的「安藤獎學金」。

二○○五年開始，台灣的學生也成為獎助之列，至今已經有三人受獎，赴大阪見學。元智大學資訊傳播學系助理教授李元榮，就是首位接受安藤獎學金全額補助，赴大阪見學者。他形容，那個月除了實際做設計、做簡報、參訪工地、學習日本的建築工法，還走訪每個安藤忠雄的建築作品。緊湊的學習，相當充實，還交了許多好朋友。那年，他在亞洲受獎學生中的表現最佳，成為結業報告中被專訪的學生。

不論是國際首創的安藤之旅、將台灣學子納入安藤獎學金，或是二○○八年為了彌補中南部學子過往無緣到台北聆聽演講，因此在台中開講；安藤忠雄對台灣人似乎懷抱特別深刻的感情。實際上，台灣社會對安藤忠雄及其作品的熱力，的確是亞洲少見。

至今，台灣安藤之旅已有超過六百人參加，甚至還帶動旅行業者每月出團日本參訪建築的旅遊商機。今年的安藤之旅團員，參加者不只有建築系師生與建築從業者，還廣及官方政策制定者、設計師、作家、園藝專業人員、企管系教授、廣告行銷專業者、餐飲業、銀行業、保險從業者與旅行業者等。此外，二○○○年到○七年，在台灣聽過他演講的聽眾已超過一萬六千人次，深入各行各業。

此外，安藤忠雄曾設計交通大學建築館與美術館，並即將於二〇一〇年初興建完成亞洲大學藝術館，他在台灣的第一棟建築物，自然引人期待。

適時地為台灣補充美學養分

二〇〇五年便參加過安藤之旅，國家文化總會祕書長陳郁秀認為，安藤忠雄強調從歷史的源頭去尋找設計素材，尊重當地歷史與風土民情的理念，深得人心；他作品展現的天人合一精神、人心的安定、自然的溫暖，不論在精神面、美學面或手法上，都是台灣社會各界能從安藤忠雄作品「各取所需」的原因。

許多觀察家指出，安藤忠雄的作品，適時地為缺乏美學教育的台灣社會與都市空間，補充觀念與養分。

二〇〇〇年安藤忠雄首度來台演講時，台灣的九二一災區正在重建；安藤忠雄曾參與阪神．淡路大震災重建，強調建築應追溯歷史環境與文化脈絡的理念，引起九二一震災參與者的共鳴。

近年來，台灣不論在生活或都市規劃，都不斷要求提升美學層次；安藤忠雄強調素面材質、自然等表現手法，也成為設計者仿傚與學習的對象。從校園、藝文空間、咖啡館等，都看得見安藤忠雄的建築語言。

一名觀察者說，台灣社會過去以為華麗、花俏、富麗堂皇的裝潢才美，但是，看安藤忠雄的作品才知道，原來，不好的建築手法才需要用華麗的裝潢來掩飾；而好的建築手法能呈現材質本身的美感，空間的語言能感動觀者，具有深度的層次。

此外，也有人折服於安藤忠雄愛鄉、愛環境，在家鄉與世界各國推廣愛護地球環境的實踐力。

一點一滴，多年來，安藤忠雄的影響力，在台灣社會不斷沖激、蝕刻著。對台灣社會而言，安藤忠雄其人與作品，將不會是一時的流行，而是歷久彌新的經典。■

植樹者安藤忠雄

鄭林鐘
筆名岳國介。
樺舍文化編輯總監、城邦出版集團編輯顧問。
建築參訪團第三期（二〇〇七年）團員。
照片中最前方的男士即為本文作者。

鄭林鐘

二〇〇七年二月二十七日清晨，我和一百多位安藤忠雄建築參訪團的朋友聚集在淡路夢舞台「百段苑」上方的高地，種下了幾株櫻花樹苗。很奇妙地，就在將覆土踏實的那一瞬間，我突然悟到了安藤在淡路島種樹的故事和這個參訪團之間的交融與連結……。

為了填海造建關西機場，淡路島奉獻了一百公頃的土方，換來島上一個個禿了頂的山頭。「重生淡路島」的任務，日本政府把它交給了安藤忠雄。

奇怪的是，起跑之後，安藤在「蓋房子」上面幾乎毫無進度，他只是在種樹、種樹、種樹，一直種到禿山都遍布樹苗。然後——安藤在「蓋房子」上面依舊沒什麼進度，他只是「等」，等待那些原本只有十公分的樹苗不斷長大，一百公分、兩百公分、三百公分……。到了第六年，他終於開始動工造屋，而且很準時地在此後的三年內完工了。二〇〇〇年開幕那天，絡繹不絕的參觀人潮看到了光鮮亮麗的「淡路夢舞台」，而且，也看到成千上萬棵已經八歲，身高七、八公尺的茂密樹木快樂地在藍天下伸展枝枒。淡路，真的重生了；而且更加旺盛！

而今天，在這個參訪團裡，安藤安排了那麼多超值的行程與優惠，卻只有兩個條件絕對不能打折：第一、行程之中一定要安排「種樹」的活動。第二、參加的團員必須有一半以上是建築科系的學生。

想到這裡，我豁然頓悟了。是的！安藤忠雄不但要「十年樹木」，底蘊深層的期望，其實是更長遠的「百年樹人」呀！

看著身邊一位建築系的學生，我露出莞爾微笑：「託你們這些『人樹』的福，我享受到一趟看似知性，其實充滿感動的旅程。」■

意外發現的好旅程

王士芳

王士芳
黃聲遠建築師事務所設計師。
中國文化大學建築及都市設計學系。
建築參訪團第三期（二〇〇六年）團員。

當初得知事務所要跟團參加安藤忠雄建築之旅的時候，當下其實相當意外。一來，事務所的設計並不是安藤式的風格洗鍊與極簡調性；二來，對於流行氣息過於強大的事物總是慣性地避開繞行。

然而，經歷了那一次突發的旅程，才發現自我設限的標籤思考依舊根固，而且真的需要重新扭轉一番。

首先，如果不是這樣的主題之旅，我應該不太有機會在這麼短暫的時間之內，一口氣看這麼多的安藤作品。總是一貫重複的清水混凝土材料表現，而奇妙地在迅速閱讀後發現不同年代作品在時間斷面上細微變化裡的恆久性。

再來是在台灣的工地經驗下，總是很難想像這樣的簡單材料與單純幾何量體組成的建築物，其實在工程施作上所需要的準確，是如何在混亂工地運作時，被謹慎要求與不被妥協地堅持下來。

因為清楚自己並不是標準安藤迷，所以是在沒有懷抱膜拜心情的旅者角色下，走在早就透過雜誌照片有些看膩了的真實空間中，了解到「會動人的光影空間並不需要媒體包裝渲染或捧抬，一樣能觸動人心。」

最後，我們還多加了一段倒回去走安藤先生成長啟迪與獲取靈感的關西地區京都古城。在諸多古蹟遺址的保存重生中混合常民生活脈絡裡，發現安藤先生與己身周遭彼此的親密關係是讓人羨慕的幸福。

對我來說，這真是個意外發現的好旅程。■

從淡路經驗看台北花博

吳思瑤

吳思瑤
台北市議員。
建築參訪團第四期（二〇〇八年）團員。

淡路夢舞台，在感官可捕捉的建築實體上，無疑是令人驚豔的，然而更令我動容的，是安藤忠雄建造夢舞台的那份初衷。

五年的植樹綠化，把綠意與生命還給這片導因於人為開發而飽受摧殘的不毛之地；發起全日本蒐集食用後的百萬個貝殼，打造出波光粼粼的水池。那份與自然、生活連結的心意，在我眼裡比鑽石更璀璨亮麗。為紀念阪神‧淡路大地震受難者而起造的百段苑花梯田，則記憶著一段人與土地共生、共衰、共榮的歷史。

二〇〇〇年淡路國際花卉博覽會成功地完成一場「人與自然的對話」，成了該年度世界三大盛事之一。之後，花博的一切也被完整保存永續經營，當年吸引超過七百萬人次前往體驗，帶動了觀光，更深化了人本的意義。

在日本，先有偉大的故事，才有成功的花博。而台灣呢？

在各個國際級城市莫不為自己妝點出最亮麗面貌的風潮下，台北也該創造出自己的特色與風情。藉由建築與城市規劃，讓台北處處都有美麗的景致。

城市美學應由政府的公共建設開始著手，再帶動至民間，提供更大的政策誘因，獎勵特色建築及空間規劃。台北可以更藝術、更人文、更有質感。

在台中、高雄都相繼有了國際競標的公共建設，身為首都的台北，也該迎頭趕上吧！■

Ando Program 三十天

林楚卿

林楚卿
亞洲大學助理教授、交通大學兼任助理教授。
建築參訪團第一期（二〇〇五年）團員、
Ando Program（二〇〇六年）研習生。

我很幸運的，於二〇〇六年底經由劉育東指導教授推薦，到日本大阪參加「大阪府海外短期建築、藝術研修生招聘事業」(Osaka Invitational Program for Short-Term Overseas Trainees in Architecture and Arts) 一個月的研習。

在一個月的緊湊研習，我學到許多珍貴經驗。當時，我們來自亞洲十個不同國家的十二位建築系學生，被分別安排到安藤忠雄合作的營造廠（竹中工務店、大林組、錢高組、淺沼組及大和房建工業）實習。

在大林組學習的我，除了有機會與設計部一起作設計交流外，也由工程部門帶領下，到工地勘查，深入了解日本高效率及先進的營建技術。

每天下班後，事務所同仁很熱心帶我們徒步參觀許多安藤忠雄在大阪的建築，從早期一九八〇年代小型建築到最近大型公共建築，讓我們更認識安藤建築。我們也有機會參觀安藤忠雄事務所，從事務所的空間設計（會議空間與模型製作空間連貫，資深設計師開會討論的聲音，可讓正在製作模型的年輕設計師聽到並學習），從此可見安藤先生是一位非常關心年輕學生學習的建築師。

這次海外建築體驗，對於日本要求高效率及高精準的專業精神，不斷尋求進階的營建技術及所產出的高品質建築，深深被感動。回到台灣後，由於自己的研究專長是數位建築設計與探討如何實作，因此透過這次的學習，更清楚自己需獲取更多營建技術的知識，才能有機會將設計落實。另外，在跟其他研習生每天朝夕相處及溝通的機會，也間接了解到亞洲其他國家的文化及建築發展。

這趟研習除了讓我拓展視野外，也認識到偉大建築師安藤忠雄對於年輕學子的細心栽培，他不只是一位專業建築師，對我而言也是一位好老師。這對於我未來的教學研究生涯，可做為學習的榜樣。

除了專業學習，我也認識了日本文化，交了許多朋友，這些都是畢生難忘及珍貴的體驗！■

2008年
安藤忠雄講解建築之旅

不論是處理宗教的神聖空間，亦或讓荒島重生、新舊建築交融，
安藤忠雄用素樸質材混搭哲學語言、現代手法，讓建築與環境自然對話，
創造出一件件打動人心的作品：

真言宗本福寺水御堂 Water Temple

淡路夢舞台 Awaji-Yumebutai

直島現代美術館 Benesse House Museum

大山崎山莊美術館 Oyamazaki Villa Museum

地中美術館 Chichu Art Museum

兵庫縣立美術館 Hyogo Prefectural Museum of Art

狹山池博物館 Sayamaike Historical Museum, Osaka

司馬遼太郎記念館 Shiba Ryotaro Memorial Museum

中之島線工地 Nakanoshima Line

包容眾生與諸佛的殿堂

真言宗本福寺水御堂

Water Temple

從空中鳥瞰水御堂，只見一池蓮花。前方的兩道白牆與白石，是安藤忠雄精心營造的參拜路徑。

過了明石大橋，淡路島就不遠了！

無人欣賞明石大橋的美麗；而它歷經十年打造，耗資五千億日圓，造價高於關西空港，橋身長達三九一一公尺的世界紀錄亦乏人問津。

為何訪客能無動於衷？

淡淡的三月天，這群來自台灣，經過激烈的名額競奪，有幸參加安藤忠雄建築研究所（建築事務所）主辦的「安藤忠雄講解建築之旅」的一百九十六名團員，終於踏上夢想中的旅程。

分乘五輛遊覽車，愈靠近目的地，團員們愈加屏氣凝神，從大學校長、知名教授、首都議員、企業鉅子、創意階級或年輕學子，個個不住地撫摸相機，只盼在微暗的天光隱沒前，到達此行的第一座建築，一睹傳說中自寺廟西方綻放的那抹神祕紅光。

安藤忠雄首度設計的佛教建築

淡路島上，日本傳統民居隨處可見。來到東浦町，爬上三十度緩坡的停車場。透過車窗，當停車場一張張藍色木椅映入眼簾，椅背上白漆寫著「本福寺水御堂」六個大字；此刻，一百九十六名團員的期待，彷彿爐上滾水，就要集體沸騰了。

安藤忠雄生平設計興建的第一座佛教建築，就是真言宗本福寺水御堂。

不論任何宗教，往往有信徒發願，有朝一日若能功成名就，就要回饋宗門、捐款修繕建築云云。本福寺水御堂的起源也是如此。

本福寺是真言宗的一個分院。一九八九年時，本福寺早已老舊、破落，連附近的居民也不太常接近了。任職三洋電機的井植敏，便是本福寺的壇家代表。當年，井植敏自覺事業算是有些成就，打算修繕寺廟，回饋宗門。由於他與安藤忠雄是舊識，於是登門延請安藤忠雄重新修建寺院。

此時的安藤忠雄，早已經在國際建築舞台上打出名號。一九八九年，安藤忠雄四十七歲，當年，他陸續完成了兩項代表作：光之教會、兵庫縣立兒童博物館。再往前兩年，他更以僅有高工畢業的學歷，站上國際建築舞台，出任美國耶魯大學建築系、美國哥倫比亞大學建築系、哈佛大學建築系客座教授。

當井植敏登門之際，事實上，安藤忠雄光是在一九八九年著手設計規劃的案子，就有十一件之多，尚不包括前一年規劃設計的案子。

安藤忠雄沒有宗教信仰，雖然創造過水之教堂（一九八八年）、光之教堂等兩件創新的基督教建築作品，但是，卻從未設計過佛教建築。於是，當井植敏提出修建本福寺的構想時，安藤忠雄認為，如果不能突破既有佛教建築的傳統窠臼，創造一個現代的佛教建築，那麼，接下這件案子的意義不大。

一座建築之所以能成功，建築師、業主支持與施工，各佔有關鍵的三分之一。安藤忠雄的想法，得到了井植敏的支持。他們決心要建造一座極富魅力的、充滿感性，並且能活用現代技術的寺廟。於是，一九八九年十一月，安藤忠雄開始設計水御堂。

從印度旅行經驗找靈感

閉上眼睛，安藤忠雄搜索年輕時旅行世界各國的文明體驗。他想起足履曾踏過的中國、印度；聯想起水、水上的寺廟、水面的蓮花。他看過水上的寺廟，卻從沒見過一座寺廟建造在水面下。

何不建一座水面下的寺廟？盛開的蓮花池，就是寺廟的屋頂。信徒唯有走入這方象徵佛教真理的蓮花池，才能進入參拜寺廟。

但是，安藤忠雄描繪的這個圖像，卻引起本福寺僧侶的反對。他們不解，傳統寺廟那威宏莊嚴的屋頂哪裡去了？不僅僧侶們無法理解，井植敏的角色也變得尷尬為難；結果，寺廟屋頂的創新構想，成了水御堂一案的最大挑戰。

從開設建築師事務所以來，安藤忠雄早已經習慣面對提案遭到詰問反對的處境；每逢類似的僵局出現，他總是發揮極大的熱情，不斷說服、不斷尋求解決、等待想法實現的可能。儘管在本福寺碰壁，井植敏與安藤忠雄仍不斷尋求真言宗的宗門，希望得到高僧們的支持。

安藤忠雄的演說是浪漫的，他這麼說：「印度神話中，開天闢地以來，最先出現的是水，隨之是蓮花。而在佛教中，蓮花象徵開悟的釋迦摩尼佛。我曾在印度看過一整面被蓮花覆蓋的池塘，當下，我彷彿看見了極樂淨土的泉源。因此，我在思考，是否能在蓮花池下蓋一座御堂，包容諸佛與眾生。」①

沒想到，安藤忠雄的說法，打動了一位高齡九十的真言宗高僧。這位高僧向安藤忠雄說：「回到佛教的原點，進入蓮花的中心，這是很棒的構想，請你一定要實現。」②結果，水御堂因為得到高僧支持，從設計到完工只花了一年十個月。

後來，水御堂也成了安藤忠雄進入一九九〇年代，在國際上更加引起注目的代表作。回憶起當初的這段挑戰，他特別有感觸地表示，業主的心意和建築的本身是相通的，甚至於，可以變成很大的助力。

對比手法重現極樂淨土

行經墓園與隱沒在樹木後方的僧侶住居。踏著細石路，石子與鞋底擦出厚重的聲響，心神不自覺地靜默聆聽。

沿著階梯步下蓮花池中的走道，才是御堂的入口。池中種滿了象徵佛教的睡蓮與大賀蓮。

走下池塘，給人「就此告別一生，通往另個世界」的錯覺。

當一片扶疏的灌木隨風輕搖，抬頭一望，橫陳前方的是三公尺高的一長排清水混凝土牆。牆前遍地白石，這是日本神社傳統的鋪陳，代表著潔淨與純潔。

在這座直線延伸的牆上，有個方型開口，引人不自覺走入。一進去，才發現眼前是另一座清水混凝土牆，只不過，這次是座圓弧形的牆。沿弧牆走，恍如墜入五里霧中，腦中冒出許多問號，只聞足履踩著白石的聲響。來到牆的盡頭，視野突然開闊起來，左轉一拐彎，毫無預期地，赫見那方長四十公尺、寬三十公尺的橢圓形蓮花池。

三月，睡蓮靜待七月的花季。深僅五十公分的水池，倒影中搖曳著另一頭的孟宗竹林，與接連呼嘯過另一座山頭上的公路汽車。

死與生。極樂淨土與凡世塵囂。冬眠的蓮，與整片常綠的孟宗竹林。

安藤忠雄向來慣用對比手法，只是，他可能沒料到，此刻，地下安靜的廟宇，與地上一百九十六名熱情又自制的安藤建築迷，也能創造出無比的反差。

池塘中間有條狹窄的長形階梯，沿梯下行，就是水御堂的所在。靜立湖邊遠望，當你眼見人們漸次走下池塘，竟有種目睹凡人堅決地步入水中，就此告別一生，通往另一個世界的錯覺。

其實，這條通往水御堂的參拜路線，正是安藤忠雄精心的布局。從空照圖可以發現，如果拿掉起初的那道長直牆與後來的那道圓弧牆，那麼，光是直線距離，從入口就能直接通往水御堂的入口。但是，安藤忠雄卻鋪排好幾道三公尺高的清水混凝土牆，隔絕任何干擾視線的因素。

為什麼？他形容：「在直線與圓弧形的牆壁之間，這片空間只有白砂和天空，它是一個『無』的空間。」當參拜者走入他設計的「無」的狀態，不禁傾聽自身，踏上肅穆的探求之路。

巧妙操作自然光線

這條將蓮池切裂成兩塊的階梯，入口處的清水混凝土牆前栽植著數叢本地樹種：日本女貞。安藤忠雄總是藉由樹木，對比著大自然與人工的清水混凝土建材。而向來強調保護地球的他，種樹也為了對抗全球暖化。

沿階深入地下，當視線再也不見兩側的蓮池或前方迷濛的孟宗竹林，舉目僅及階梯兩側的清水混凝土牆，遠方公路的車聲也應聲被障壁；心，就此安定。

在地下室，安藤忠雄同樣設置了層層關卡，來訪者必須先適應黑暗，蹲身脫鞋，然後，順著朱紅色的杉木牆，來到安坐在幽暗方形空間裡的本堂。本堂內部是幽暗的，佛像安置在西面高處。

由於水御堂建構在傾斜的山坡上，佛像正後方，正是水御堂朝西引入自然光線的開口。於是，當傍晚時分，夕陽西下，光線射入水御堂，一瞬間，整片朱紅色杉木牆像是紅色染布，神祕的光線染紅了整座本堂；而本堂中參拜的人，更在剎那中，見證著佛像閃現的紅光，此刻，正如安藤忠雄當初向僧侶描繪的那座「蓮花池下，包容諸佛與眾生的御堂」。

安藤忠雄曾經說明，他設計這個開口的靈感，來自東大寺南大門俊乘坊重源的淨土寺。他想要把那種處理光線的做法，運用在水御堂。③事實上，在佛教中，西天是佛祖居住之處，而安藤忠雄操作自然光線，讓它自西方射來，使得空間中，佛教的真理不言可喻。

沿狹窄的路徑自地底走出水御堂，重見入口處那片日本女貞樹叢，耳畔重聞喧囂的車聲，在蓮池中望見自己的倒影；恍然，有種闊別人間，重回塵世之感。

英國建築評論家寇帝（William Curtis）推崇，安藤忠雄固然沒有沿用傳統寺廟建築的大屋頂，但是，經由繞行路線的安排、光線的操弄，反而在精神上創造出像傳統佛教建築一樣的效果。寇帝甚至直指，安藤忠雄是世界上少數能夠有效處理神聖空間，並且勝任愉快的建築師。④

絲絲細雨中，揮別水御堂。

六月到八月，蓮花開遍池塘的季節，屆時將能親見安藤忠雄所言，他曾在印度見過的、那一整面被蓮花覆蓋的池塘，以及那方極樂淨土的泉源。■

註①~③ 參見《安藤忠雄建築手法》A.D.A EDITA Tokyo

註④ 參見《a+u，安藤忠雄》A+U publisher Co, LTD.

傍晚時分，水御堂朝西的開口引入自然光線，整片朱紅木牆更顯神祕。（攝影　Mitsuo Matsuoka）

以人文復興大自然

淡路夢舞台

Awaji-Yumebutai

想像一座舞台。

約四座台北市中山足球場大的基地，原本黑土一片、花草不生；興建前五年，建築師堅持植下二十五萬棵樹苗；不料，基地卻遭逢有六千多人死亡的阪神震災斷層線切過，設計圖被迫修改。儘管如此，七年後，受難的土地卻湧出生生不息的流水、滿山遍野茂密著綠意與紅色鬱金香；恍如雕塑的幾何形建築群林立。開幕時，七百萬人自日本全國各地而來，在此謙卑地表達對天、地與受難者的敬意。

這重生的欣欣向榮，就是淡路夢舞台。

關西空港的採砂場

這廣達二十一萬平方公尺的基地，原本是大自然禮讚的山頭。然而，一九八〇年代，日本政府為了填海造陸，興建關西國際機場（關西空港）；淡路島由於地近機場預定地，此地搖身一變為大型的採砂場。

填海造陸的那五年，一船船的黑色砂石被載往大阪港的另一頭，青翠轉瞬成為不毛之地。相當於東京巨蛋五百倍的土，就此挖空。淡路島向來以種植康乃馨等花卉、輸出花卉聞名，還設有世界首屈一指的園藝學校。然而，此情此景，居民只能眼睜睜看著土地受傷，哀淒掉淚。

機場剝走原本綠色的衣裳，裸露的土地該怎麼辦？一九九二年，擁有這片土地的青木建設與三洋電機，希望就地興建高爾夫球場，於是，他們打算委託安藤忠雄蓋一棟高爾夫球俱樂部。

當安藤忠雄親自來到這裡，目睹一棵樹都沒有的悲慘狀態，影像深植腦海，揮之不去。

那一年，安藤忠雄獲得丹麥第一屆的卡爾斯伯格建築獎肯定。事實上，從一九八九年設計水御堂之後，進入一九九〇年代初期，他陸續得到法國建築學院建築賞、大阪藝術賞、美國建築師協會榮譽會員，以及美國科學院和文學藝術研究所布魯諾（Arnold W. Brunner）紀念獎等殊榮。此時的安藤忠雄因為設計許多博物館、個人住宅與商業設施而聞名國際；但是，身為大阪人，對於眼前這一塊為大阪的國際門戶而犧牲的土地，他只想著，該如何綠化這片大地？

他向當時的兵庫縣知事貝原俊民提案，應該由政府出面買下這塊地，變成一座公園，讓風景再生。① 不僅做為花卉博覽會的主要場地，還要能與園藝學校建教合作、增加花卉產業雇用機會，興建國際會議廳、大飯店等公共設施。安藤忠雄的想法打動了貝原俊民。

但是，這麼廣大的土地，如果無法讓同一位建築師做全盤的設計規劃，恐怕不易實現願景。於是，貝原俊民說服了兵庫縣議會，讓安藤忠雄擔任統籌建築師。一九九三年四月，終於展開設計。

10公尺高的清水混凝土牆環繞著一方靜謐水池。淡路夢舞台的圓形劇場讓人可以同時欣賞天際與其倒影的變幻。

為了讓基地重生，安藤忠雄一反施工之後再植樹的業界習慣，而是在施工前五年，也就是設計初期，就種下了二十五萬棵樹。他想像，當施工時，綠樹已經逐漸長高；而等到完工，建築物與環伺的綠意就能同時完成。

以加拿大布查花園為復育藍圖

然而，大地一旦受傷，要復原豈是易事？

為此，安藤忠雄以加拿大的布查花園（Butchart Garden）為藍圖。布查花園位於加拿大溫哥華島。一九〇二年，石灰岩需求甚殷，水泥鉅子布查（Robert Pim Butchart）買下這塊萬平方公尺的地，為石灰岩採石場。短短四年，此地就寸草不生。這時，熱愛藝術與環境的布查夫人再也無法漠視。她挽起袖子，自力種花，還說服丈夫停止採石。隨後，費時十三年，才讓採石場變成充滿生機的花園。從此，布查花園變成世界知名的觀光旅遊勝地，也是環境保育的國際典範。

安藤忠雄一方面援引布查花園的復育經驗，並聘請園藝專家指導；一方面，卻為缺乏灌溉水源的問題傷腦筋。②

淡路島缺水，居民的飲用水向來引自京都的琵琶湖，成本很高，時常缺水。現在，難道要為了澆灌夢舞台的花木，而用掉島民的飲用水嗎？為此，安藤忠雄遠赴伊朗，考察學習伊朗在沙漠中的綠化灌溉系統。最後，他在夢舞台臨山面的山坡內植入一個地下水瓶，用來收集雨水，並循環利用雨水。

在不斷努力與奔走之下，前後總共種了三百萬株樹苗，終於一點一滴拔高，雨後春筍般，為土地織就出一襲新衣。

站在海濱，仰望整片的綠意、流水與雕塑般的建築；人們瞻仰著的，與其說是大自然的奧妙，不如說是一群人的願力與大自然共同譜出的戲劇。

如果將淡路夢舞台比喻為一座大型劇場，那麼，佇立海邊仰首，便是觀賞夢舞台的最佳位置。

夢舞台左邊，有著國際會議中心、茶室與淡路島威斯汀飯店；舞台中間，錯落著海之教會、貝之濱、圓形劇場、百段苑、空庭；舞台右邊，則有空庭、橢圓形劇場、海迴廊、水庭、溫室與野外劇場。面向大阪灣，集安藤忠雄作品特色與理念之大成，這整座包羅萬象的綠意與建築群，日復一日上演著美麗奇景。

然而，初來乍到的安藤之旅團員如何得知這個最佳賞景地點呢？

在威斯汀飯店放下行李，團員們急切地走上二樓，略過美侖美奐的室內設計，因為除了建築物本身之外，飯店的內部裝潢，並非安藤忠雄的作品。團員們層層搜尋通往夢舞台戶外綠意的入口，於是，鑽入飯店左翼的聯絡道。一不小心，像是一百九十六名長相各異的愛麗絲掉進了安藤忠

淡路夢舞台是安藤忠雄發願最深的作品。歷時10年，將光禿的山頭變成花園。（攝影　Mitsuo Matsuoka）

號召全日本民眾蒐集百萬扇貝殼拼貼而成的貝之濱。

雄建築的夢遊仙境。

百萬片扇貝拼貼成的貝之濱

推開左翼聯絡道大門，流瀑般的水聲震耳欲聾。外面在下雨嗎？人們疑惑。

明明是個方型斗室，又像是個封閉無窗的露台。人們四望梭尋，到底，水聲來自哪兒啊？定睛一看，近天花板處橫開一條裂隙。自裂隙看去，流瀑自屋頂傾洩而下。難不成，屋頂上有一片大水池？

跨進室外，便是圓形劇場。十公尺高的清水混凝土牆，環繞著一方靜謐的水池。撫摸著細緻的牆，沿著緊窄的環狀階梯盤旋而上，一面眺望水池，水池中，天空的倒影不時變幻，你彷彿看見易經的哲理。這環狀階梯要通往哪裡？無人能答。能做的，就是相信腳下的階梯，依循安藤忠雄的安排舉步。

階梯盡頭，流瀑般的水聲再度傳來。一轉身，眼前是開闊的八方，大阪灣的餘暉就在此鋪展。

還來不及讚嘆，低頭一看，足履前方竟是一池壯觀的方形水坪，五公分淺的水坪上共有一千處噴泉，巧緻鋪貼百萬片扇貝的貝殼。風輕吹，撥動池面的水紋，與扇貝交錯，形成風與光影的對話。她有個浪漫的名字：「貝之濱」。

聆聽水坪盡頭的水流直下，這才恍然大悟，方才在封閉露台裡聽見的水瀑聲便是來自於此；而眼前的貝之濱，便是那封閉露台的屋頂！

為什麼設計這座別緻的貝之濱？

安藤忠雄曾解釋，日本人是個愛吃海鮮的民族，為了讓民眾一起參與，他向淡路島周邊餐廳募集扇貝貝殼。隨後，募集活動擴及全國，許多民眾、罐頭工廠紛紛將扇貝寄來。後來，挑選了一百萬片大小均一的扇貝殼，用人工鋪貼而成，就是眼前的貝之濱。

海之教堂

穿過一座鐘塔，再度遁入建築迷宮，來到一間有著淺貝殼色大門的房舍。

甫進入，便能直覺感受天花板射下來的光線。仰首，天花板交叉切割成一道十字，當天光直下，不需贅語，你知道，這裡就是「海之教堂」。

安藤忠雄曾在一篇文章中說明，「在一系列教堂設計中，我思考神聖空間……在西方，神聖空間是形而上的。然而，我深信神聖空間與自然存在著某種聯繫……我認為，當綠化、水、光和風，根據人的意志從原生的自然中抽象出來，它們就趨向了神性。」

利用自然的光線，安藤忠雄把光線圈限在他的清水混凝土建築中，光自然而然成為建築的基本元素，訴說著教堂的神性。

海之教堂的自然光線來自天花板上切割交叉的十字，在四面透亮細緻的清水混凝土牆上漫射，光線讓人感覺一切都像是來自上天的旨意。怪不得，一對對新人不遠千里來到海之教堂完成終身大事。或許是方才在戶外的夢舞台迷走許久，此刻，在海之教堂寧靜端坐，令人覺得這似乎是個可以安歇的所在。

淡路之水天上來

站在夢舞台的中心，眺望八方，山與海，花與樹，大自然寬廣的胸膛。

夢舞台倚靠著的山坡，不是個普通的緩坡，事實上，這個名為「百段苑」的花園，是由一百個均等的方形花壇沿坡排列而上。百段苑中間有排階梯，潺潺水流自山上不斷湧出，順著階梯中道設置的「河床」流向貝之濱。有趣的是，水在階梯中道潺流，階梯兩側才是給人行走的。

站在百段苑下方，仰望一百個花壇裡的各色花朵，似乎能看見這不斷自山頭湧出的水流，在山坡內那只看不見的地下水瓶裡集結、循環、再生，每滴珍貴的雨水，都在此生

如今的淡路島擁有整片綠意、流水與雕塑般的建築，日復一日上演著美麗奇景。

生不息。此刻，不禁聯想起那句「君不見黃河之水天上來，奔流到海不復回」的古詩，早已被安藤忠雄折服為「君不見，淡路之水天上來，奔流到海能復回」了！

有人評論，百段苑像個巨大的花園陵寢。事實上，從「阪神．淡路大震災」的角度而言，這個說法，似乎也能成立。

一九九五年一月十七日，阪神．淡路大震災發生，造成六千四百三十四人死亡、三人失蹤、四萬三千七百九十二人受傷。震央不僅就在淡路島近海的海域，而且斷層線不偏不倚地切過夢舞台基地。在安藤忠雄原本的設計圖中，那正是飯店的預定地。

震災發生後，安藤忠雄擔任復興委員會的委員長，他想要從建築師的角色，為災區復興盡一己之力。「經歷震災之後，如果大家不能覺得住在這裡很好的話，這裡就會變成一個廢墟。」他接受作者的專訪時說。

那年，安藤忠雄奪得建築界的諾貝爾獎殊榮「普立茲克獎」，並且把十萬美元的獎金捐給震災的孤兒。

化悲天憫人為力量，一九九五年十月，安藤忠雄重新修改淡路夢舞台的設計圖，一九九六年十二月方完成設計。一九九七年七月開始，直到一九九九年十二月，經過兩年半個月，淡路夢舞台終於完工。飯店預定地避開斷層線，遷移到現址；而原本的飯店預定地，就成了百段苑，一百

由100個花壇組成的百段苑，有紀念阪神震災的意義。（攝影　Mitsuo Matsuoka）

個大型花壇與人工水流循環不歇的水聲，生生不息，永誌阪神震災。

花卉博覽會・新生

二〇〇〇年初，淡路夢舞台終於開幕了，有山頭上再生的森林相伴，以盛大的花卉博覽會向世人見面。

走在夢舞台的每座幾何形建築體，不論是矩形的海迴廊、山迴廊、溫室、野外劇場，亦或方型的空庭、圓形或橢圓形劇場；白天，每棟建築都像是座巨大的雕塑，在大型舞台上交錯而立，一起演出。

當人們在這些清水混凝土打造的溫潤雕塑裡遊走，總是能不經意地看見春天裡朵朵綻放的紅色鬱金香。壁面上，一幅「財團法人淡路花博記念事業協會」的紀念標牌吸引了人們的目光，這是淡路夢舞台曾走過的足跡。

據說，當花卉博覽會在夢舞台揭開序幕，萬花競艷，人頭鑽動。兵庫縣知事貝原俊民原本期待最多吸引四百五十萬遊客，沒想到，竟然湧進七百萬人造訪，一起為淡路夢舞台的重生喝采。

可以說，淡路夢舞台是安藤忠雄一生中，發願最深的作品。

後來，安藤忠雄曾說，「直到今天，每當搭飛機降落在關西空港，我心中仍浮現淡路島泥土的景象。」

自重生的那一刻開始，淡路夢舞台已然揮別受難陰影；她重新恢復呼吸，每日每夜，都隨著樹木、花卉、蟲鳥一起長大；她仍在嘗試學步，學習森林的語彙；而且，她與每年前來種樹的小學生、亞洲遊客一起，正重新學習如何應對當前這個日益暖化的星球。■

註①② 參見《安藤忠雄建築手法》A.D.A EDITA Tokyo。

註③ 參見《安藤忠雄》，王建國、張彤編著，中國建築工業出版社。

荒土變身文化島

直島現代美術館
Benesse House Museum

直島，這是一座什麼樣的島嶼？

當近兩百名台灣人舟車勞頓，從淡路島搭乘近三小時的遊覽車，經神戶、姬路前往岡山，從宇野碼頭再轉搭二十分鐘的汽船，心中不禁浮起這個問題。

遊覽車直接開上汽船，讓汽船載著走。汽船一啟航，吃完便當的團員們，全數爬出船艙，在窗明几淨的二樓船艙邊享用熱咖啡，邊眺望瀨戶內海的景觀，難掩興奮。不顧三月的海風冷峻，也要再上一層來到甲板，欣賞海流的壯闊，與這江戶時期以來，日本人心目中天堂般的美景。

「我看到南瓜了！」一名團員的驚呼劃破強勁的冷風，人們全擠到船頭觀看，各自搶拍直島現代美術館的戶外裝置藝術之一：年近八十的日本前衛藝術家草間彌生（Yayoi Kusama）創作的作品「紅色南瓜」。一時之間，歡樂的氣氛，連船艙內的日本人都不由自主地泛出一抹微笑。

碼頭上這座比人高，約六人合抱圓徑的黃色南瓜，隱然向世人昭示：這座曾因人口移出、年齡老化、遭廢棄物侵害的島嶼，早已因綠化與現代藝術而再展新顏。

出版集團創辦人的遺願

二十多年前，決意將直島重生的人，是財團法人直島福武美術館財團理事長福武總一郎。

福武書店是發行《巧連智》等兒童教育書籍與器材的出版集團，創辦人福武哲彥在生前曾有個遺願：蓋座讓日本兒童能親近大自然的露營場，不要鎮日埋首書堆。由於福武集團總公司所在地位於岡山，而直島就在岡山南邊的海域，因此，福武哲彥曾考慮在直島蓋露營場。

然而，他的志願未竟，一九八六年，卻因病突然過世。

福武哲彥的兒子福武總一郎為此從東京分公司回到岡山繼承家業。幾個月後，他逐漸愛上岡山與直島的自然環境，在瀨戶內海的美景中，放緩步調。他反思，東京缺乏自然與歷史，一切朝經濟走，缺乏人性與人味，於是決定繼承父親遺願，在直島為孩童們蓋一座國際露營場。他甚至決定，不考慮委託東京的建築師，因為對他而言，東京是個負面教材。直到隔年，遇見安藤忠雄。

小時候，安藤忠雄常到西宮的香爐園或神戶須磨附近的海邊游泳，小小的心中，覺得瀨戶內海是世界最美的地方，常常一玩就玩到天黑。創立事務所之後，有一回，他搭乘直升機從空中俯瞰瀨戶內海，「看到的是分布密密麻麻的島嶼，以及嚴重缺乏綠化而光禿禿裸露在陽光底下的島嶼地表。有的島嶼表面還殘留開採後的廢棄物和工業垃圾堆，使得島嶼表面看起來是灰色的，根本找不到以往的美麗。」他腦海首先閃現的疑問是：「在這樣的現實面前，到底有多少人會覺悟？」①

福武總一郎的心念，遇見安藤忠雄對人類責任的覺悟，成

企業大老闆福武總一郎的心念，加上安藤忠雄對人類責任的覺悟，成為直島重生的契機。（攝影　Mitsuo Matsuoka）

為直島的契機。

有一回，福武總一郎遇見安藤忠雄。福武總一郎很認同安藤忠雄將歷史、自然與現代社會加以串連的理念。他希望讓直島重生，變成一個將大海、太陽、藝術、建築融合為一的文化之島。他對安藤忠雄說：「請活用瀨戶內海美麗的大自然，給孩子們一個露營地！」②

於是，安藤忠雄接下國際露營場的監修工作。

漁村小島變身文化藝術之島

直島位於瀨戶內海，往北兩公里就是岡山縣玉野市；往南十三公里，就是香川縣高松市。

直島的本島面積為八．一三平方公里，約台北市松山區那麼大；直島本島與臨近數個小島同屬香川縣直島町，總面積共一四．二二平方公里，僅約台灣綠島的面積。全町人口僅有三千六百人。

自古以來，直島便是個漁村，以產海藻與黃鰭鮪魚為生。島上目前尚有十五世紀戰國時期遺留下來的傳統住宅與碉堡，是日本少見的傳統建築。曾經，直島是個漁業發達的村落，一九一七年，三菱直島製煉所的工廠進駐島嶼北端之後，一度成為島上最大的經濟來源，也是最大汙染源。後來，直島人口外流，高齡化嚴重，漁業也不復往昔。

一九八八年，安藤忠雄接受委託，首度造訪直島時，相當愕然。他發現，直島因為遭受金屬精煉工廠排放的有毒瓦斯汙染，導致大部分的樹木枯萎凋零。他望著光禿禿的地表，既不能置信，又萌生疑問：該如何開始挽救直島？

從土地奪走的自然，就把自然還給土地。眼見直島的生機岌岌可危，安藤忠雄從種樹苗做起，開始監修露營場。一九八九年，直島國際露營場終於開幕。隨後，福武總一郎又來找安藤忠雄，提出新構想。

福武總一郎認為，現代藝術家其實是將其感受的社會問題呈現在創作，但在東京那樣充滿問題與矛盾的大都會，現代美術真能被人們所了解並欣賞嗎？他覺得，直島位居天然美景的瀨戶內海中，如果能邀請一群藝術家長駐，為直島創作，未來讓欣賞者來到直島，這樣，便能結合大自然與藝術，將直島變成世界第一的文化之島。

於是，他邀請安藤忠雄設計美術館；另一方面，在國際上熱情說服現代藝術家如特瑞爾（James Turrell）、隆恩（Richard Long）等人到直島創作。

安藤忠雄不僅易感、隨性，而且向來喜歡挑戰。

他回憶，一九八九年，當福武總一郎向他提出興建直島現代美術館，將直島變成世界第一等的文化島嶼的想法，「我當時很率直地覺得，在這座禿山前面，他真是個很敢、有想法的人啊！」③

今天的直島，已成為擁有自然美景與現代藝術品的文化之島。（攝影 Mitsuo Matsuoka）

有一天，安藤忠雄來到直島南端的高丘上，觀察四萬四千平方公尺的美術館預定地時，也受到環伺的瀨戶內海美景感動。安藤忠雄覺得，直島擁有這樣感動人的大自然美景與業主，應該能實現直島重生的夢想。於是，他開始投入美術館的設計。

「建築能喚起人們的想像力。我希望它能成為喚起藝術與自然對話的裝置。」④安藤忠雄說。由於基地位於瀨戶內海國家公園，在法令限制下，他將一半以上的建築物往地下發展，不讓建築物破壞國家公園的美景。在實體的美術館之外，整片綠地也放置許多戶外雕塑，讓藝術品、大自然與人直接撞擊、刺激、對話。

一九九二年，總面積三千六百平方公尺的直島現代美術館開幕，這是世界上第一個附設住宿設施的現代美術館。建築與藝術品都得到國際上極高的評價。

與觀者互動，與自然相融

沿著海岸步行前往直島現代美術館，海風習習，清新地令人很想展翅而飛。

或許是因為先前乘車過久，也或許真是大自然與藝術品對人性產生的激盪與撞擊，當一件件挺立海邊、或蹲在高高低低山坡上的現代藝術裝置作品出現，團員們紛紛情不自禁開懷跑步，大喊：「好可愛！」、「好奇妙！」

山丘上「插」著藝術家瑞奇（George Rickey）題為「三枚正方形直立」（Three Squares Vertical Diagonal）的作品。三個正方形的厚重鐵板各自以一角插刺入草地，當海風微微吹來，正方形鐵板彷彿竟然輕微搖擺，忽左忽右，好似三座大地上的扁狀電風扇。三抹正方形的斜影映地，伺以後方的陽光與海景，使人佇足流連，不想離去。

山丘下，有個清水混凝土室，藝術家瑪利亞（Walter De Maria）題名為「見／未見，知／未知」（Seen/unseen Known/unknown）的兩顆巨大的花崗岩球躲藏其中，隨著天光與海景改變，大理石球上反映著全然不同的光景。

1995年，安藤忠雄為直島現代美術館所設計名為「橢圓」（Oval）的旅館設施。雖只有6間房，卻能欣賞橢圓水池的特殊水面景觀。

海邊立著大竹伸朗（Shinro Ohtake）的裝置藝術「船塢作品：船尾的穴」（Shipyard works: Stern with Hole）。從海上望向船底，斑泊的船尾看似解體的沉船，令人悲悽；從陸上望海，卻能感受到船兒嚮往航行的願望，潮來汐往，更顯蒼茫。一旁還有「船塢作品：切斷的船首」（Shipyard Works: Cut Boat）裝置。兩者相加，卻又覺得只要能整合兩者，航期指日可待。

就這樣，從草間彌生的南瓜開始，一路上的現代藝術裝置，都屬於美術館的戶外展品。如此邊賞邊玩，自然而然接近直島現代美術館。

這正是安藤忠雄的理念，他覺得，藝術家不應該受限於建築物來放置藝術品，而是可以自由將沙灘、堤防、草地當成展場，讓人、大自然和藝術品間能自由自在地對話，不知不覺，就來到美術館。如此才能活化藝術、大自然、建築與人之間的關係。

看不見的建築

爬上高坡，向下眺望，白色海灘、清水混凝土的碼頭，這是直島現代美術館專屬碼頭，用以運送藝術品。

在高丘上轉個彎，爬上斜坡走道，一邊是攀藤無盡的常春藤，另一邊是天然海石砌成的牆，中央便是直島現代美術館的入口。館員在入口處提醒，美術館內不准照相，這下，團員們屏氣凝神，一個個放棄透過觀景窗欣賞建築與藝術。

自地下一樓到地上二樓，展示區共有三層樓。從一樓入口處進入，第一個展示區是「光庭」。天光自頂窗穿透而下，降臨整座清水混凝土圓柱體空間，空間高度從地下一樓開始，是個共有三層樓高的圓柱幾何建築。建築躲在地下，安藤忠雄嘗試了「看不見的建築」的概念。

仰望這扇天窗，雲與天空游移，光線直逼人眼。閉上眼睛，影像殘留不去。沿著另一邊的長梯而上，欲接近天窗。天窗裝在天花板的一個圓柱筒頂端，上方空無一絲草地或泥土的痕跡。這才發現，下午的陽光透過天窗斜斜射入，而素面的清水混凝土牆像是張巨大投影螢幕，呈現一個鯨魚嘴巴狀的開口，大自然的光之禮讚，忽明忽暗。

這是光的舞台。

光庭內的唯一展品，是藝術家瑙曼（Bruce Nauman）在一九八四年發表的作品「一百種生與死的方法」（100 live and die）。每種方法都裝置著一組燈泡，當某組燈泡亮起，便宣示該種方法。

此刻，「寧鳴而死，不默而生」（Scream and die）的燈光亮起，好似無聲的旁白，不知是否在宣示大自然或安藤忠雄的主張？腦中還在思索，下一刻，前燈已滅；而「我思，故我生」（Think and live）的燈光已經亮起。人們發出會心的微笑，或許這才是安藤忠雄的主張。

走出光庭時，心裡得出一個結論，與其說這是個建築，不如說，也是個藝術品呢。

沒想到，才跨出光庭，便見隔室角落懸掛了安藤忠雄一張八〇公分長、一五〇公分高的手繪作品。顯然，安藤忠雄身為藝術家的地位，早在一九九二年開館之初，就被確認了。

藝術家長駐直島創作

館內的作品，半數以上是來自於福武總一郎收藏的現代美術。

安藤引入天光的做法創造了如萬神殿般動人光線。圖為直島現代美術館中的展示區「光庭」。（攝影　Mitsuo Matsuoka）

知名普普藝術巨匠如安迪沃荷（Andy Warhol）一九六七年的作品「花」（Flowers）、巴雷（Jennifer Bartlett）一九八五年的作品「黃色小船與黑色小船」（Yello and Black Boats）、衛塞爾曼（Tom Wesselmann）一九六二年的作品「美國大裸女，三十九號」（Great American Nude #39）等，都在直島現代美術館展示。

除了先前的收藏，這裡還展示駐館的藝術家作品。

當初福武總一郎決定蓋美術館時，他與好友秋元雄史一起到國外說服藝術家到直島創作，由美術館付材料費與工本

看似玻璃落地窗，其實推開就能走入天井，與大自然的天光接觸，並體驗戶外的藝術品。

費，讓藝術家直接在這裡創作，完成之後，作品就留在美術館。一方面解決美術館的收購預算不足的問題，也能激發藝術家創造出唯獨在直島的風土環境下才能做出來的作品。

安藤忠雄向來強調藝術與大自然之間的對話，這個理念，在直島現代美術館更具體落實。

一般美術館通常不會打開窗戶，直島現代美術館卻是落地窗大開，讓參觀者自由進出展示與戶外空間。走出戶外，海景與緩緩開航的船隻，在海面劃出一條白波，是天然的藝術作品。此外，戶外的清水混凝土牆也成為攝影作品的展示區。

於是，館內的藝術、館外的藝術、大自然彰顯的日常之美，相互參照，一氣呵成。

是美術館？還是以藝術為陳設的旅館？

到底直島現代美術館是個美術館？還是個以現代藝術為陳設的旅館？許多人充滿疑問。

事實上，早在一九九二年，直島現代美術館創立時，便附設飯店設施。由於在當時是世界第一個附設飯店的美術館，雖然僅有十間，但每間房間都有藝術作品展示。福武總一郎引以為傲，他認為，這讓跋涉遠路的人們有機會慢下腳步，在直島好好生活，融入大自然，欣賞美術。

後來，一九九五年，在直島美術館附近的山丘，安藤忠雄設計興建另一個名為「橢圓」（Oval）的旅館設施，房間僅有六間，與直島現代美術館之間，以纜車相連。

「橢圓」的最大建築作品，就是一個橢圓形的水池，隨著天光與氣候變化，水池不斷變幻著倒影，水面的形狀也各自不同。可以說，住宿期間的房客，可以專屬欣賞這大自然融合建築的藝術品。

直島現代美術館的作品不斷延伸到直島社區中，並將觀念轉化為「將既有的傳統建築修復，並將內部空間轉化為藝術作品展場」。這個創新概念，得到更大的回響，吸引更多人來參觀。比如，一九九七年修復木村地區的傳統民居，邀請藝術家宮島達男進行「家」的創作；一九九九年安藤忠雄整修完工的「南寺」等。

當一波波的藝術熱潮將直島這原本草木不生、人口外流的荒島變成藝術文化之島，吸引許多來自國際的參訪者時，住宿的需求也增加了。於是，二〇〇六年，安藤忠雄設計興建的木建築設施完工：「公園」（Park）與「海濱」（Beach），以及木造餐廳、紀念品店。儘管住宿價格昂貴，甚至規定禁菸，卻能讓訪客在毫無電視干擾的環境，擁有充分餘裕，回歸「人」的存在。

隨著直島的美術基地與住宿區域不斷增加，福武總一郎也把整座區塊命名為「直島貝尼斯藝術園區」（Benesse Art Site Naoshima），涵蓋「直島現代美術館」、地中美術館、沿岸的裝置藝術、住宿設施，還有經修復並做為其他裝飾藝術展場的直島村落房屋。

從一九八九年設置國際露營場至今，二十年間，福武總一郎與安藤忠雄攜手合作，如願地將這個荒涼的污染小島以藝術、文化、大自然而復興。直島的小學生喜歡藝術、年輕人回流了，老人家更有元氣。

「文化不屬於經濟，相反的，文化不能不成為經濟的牽引力……萬事萬物不能靠經濟運行，進步的是人的思想。」⑤二十年前，福武總一郎便是以這個理論說福安藤忠雄，二十年後，開花結果。

「福武先生的熱情以及構想感動了人們。不，並不光只是人，大海也變得想要更美，島嶼也希望自己能夠成為森林。而所謂的建築，就是靠著業主的信念，以及場地的信念這兩者交集而完成。如何成為兩者之間的橋梁，就是我們建築家的工作，」⑥安藤忠雄說。■

註① 參見《安藤忠雄連戰連敗》，安藤忠雄著，中國建築工業出版社。

註②~⑥參見《直島瀨戶內藝術的樂園》，秋元雄史與安藤忠雄著，日本新潮社。

大山崎山莊美術館

Oyamazaki Villa Museum

通往美術館的廊道取法日本寺廟的参道概念，讓朝聖者安靜、沉澱思緒。
（攝影　Mitsuo Matsuoka）

在京都府與大阪府的交界處，有處名為「大山崎」的地方，這裡也是大山崎山莊美術館的所在地。

由於停車場不足以容納安藤之旅的團員，遊覽車必須停靠於山下的ＪＲ京都線大山崎車站旁。或許是偶然，或許也幸運，車泊之處竟在大山崎最富盛名的千利休待庵旁。

眷顧大山崎

千利休待庵，是日本茶道茶室的創始人千利休所設計的傑作，是日本現存最古老的茶室，已被列為日本文化遺產；是茶道界與建築界必訪之處。

古樸的木門貼著必須事先預約的告示，樹影近乎遮蔽茶室，無論在門口或圍牆邊探查，仍難一睹這個古建築內部。有趣的是，安藤忠雄來過千利休待庵數次，而且很受千利休作品的激勵。

安藤忠雄覺得，他之所以使用混凝土、鋼與玻璃等材料，是要探索單單利用這些簡單材料究竟能創造什麼樣的空間。他認為，茶室也只是用有限的材料創造出深度的建築。於是，他覺得自己的理念與茶室的美學、精神方面有相通之處。「每當我來到待庵這樣嚴謹而卓越的茶室時，就可以體會到設計者如何在有限空間中反覆思考、進行各種構思，並因此激勵自己要對工作更加鑽研思考。」①

不只千利休待庵，安藤忠雄崇敬的建築師藤井厚二，就是在大山崎做出許多實驗建築。因此，他對大山崎向來有感情。

一九九一年，當預備在大山崎創立「大山崎山莊美術館」的業主委託他時，他很高興地答應了。

九十高齡舊建築重現風華

與千利休待庵側邊馬路平行的，是一條ＪＲ鐵道。要通過平交道，才能前往大山崎山莊美術館。正巧，平交道的柵欄放下，平交道的警鳴聲響起，響徹整片低矮房舍的村莊，更顯大山崎的寧靜與安詳。

過了平交道，是段爬坡的路，峰迴路轉，每轉一個彎，就能眺望整座庄頭待開的櫻花樹；此時的千利休待庵，也成了一方被綠樹遮蔽的傳統茶式屋頂。

來到目的地時，首先看見大樹虛掩著一座矩形的玻璃與清水混凝土箱，隨後是座三層樓的英式洋房，而洋房前方的一圈空地，竟是日本傳統庭園常見的枯山水小石地。令人驚嘆的是，英式建築、日式庭園與安藤忠雄的現代建築，不僅相互對比，又能如此融合。

這裡原是實業家加賀正太郎親手設計興建的故居。加賀正太郎是首位登上歐洲阿爾卑斯山的日本人，留學英國的他，回日本之後從事證券業。一九一五年起，耗費十年在此興建英式洋房，佐以日式庭園，甚至還特別掘了一方蓮花池。

加賀正太郎過世之後，這裡不斷轉賣，曾經被改為餐廳經營，也有建商計劃興建公寓。當地居民覺得，無論如何應該保留原有的建築，因為，多年來，原建築與周遭風景早已融為一體，因此不斷抗議，終於迫使建商終止公寓計劃。最後，土地與建築物輾轉賣給了京都府與朝日啤酒公司。

安藤忠雄接受委託後，前來視察基地。業主希望能在恢復舊建築的基礎上，加蓋一棟能與環境融合的新建築物。

當安藤忠雄走進這棟舊英式洋房，卻發現不管是牆壁或柱子都已破敗、遭到損壞；而且，一九一五年的修建技術與設備，在日本幾乎已銷聲匿跡，修復舊建築勢必要耗費許多金錢、時間與精力。

他想起大山崎秀麗的村莊風光、千利休待庵與藤井厚二的實驗建築，於是決定不只整修舊建築，還要把舊建築恢復到一九二五年的模樣，再現風華。修復團隊採取研究傳統古建築教授與技術專家的建議，一點一滴地修復這棟高齡舊建築。

舊建築再生的真義

舊建築的再生，是包括法國、義大利、威尼斯、美國、英國等國都面臨的重要課題。

安藤忠雄首先設計一個地下的美術館，環繞著舊建築。這樣，這棟地下建築計不破壞既有風景，也能與舊建築對比出新意。結果，設計超出基地範圍，若要完成，還要增加許多預算。於是，他修改設計圖，縮小規模。

他在距離舊建築二十公尺處，設計一個地下的小型美術館，他稱之為「地下寶石箱」，地上則以透明玻璃構築的長方盒做為往地下的入口。由於玻璃長方盒只有一層樓高，被樹林遮掩，並不會遮蔽人們欣賞舊建築的視線。

另一方面，他維持既有的日本庭園，甚至保留庭園中原本的蓮花池，這也成為地下寶石箱的自然採光口。

不過，他的構想並未獲得業主與附近居民的充分支持。業主覺得，何不再建一棟與舊建築風格相仿的建築？安藤忠雄卻認為，如果只是再蓋一棟相仿的建築，固然能與周遭環境融合，卻毫無新意。

他不肯妥協，說服業主，讓舊建築再生。不是要毫無新意地再仿造舊建築樣貌來重建新建築；相反地，應該邊修復舊建築，邊興建一棟能與舊建築對比、激盪、甚至對話的現代建築。這樣，民眾可以看到新舊並陳，也能看見人類文明的軌跡。

後來，安藤忠雄說服了業主。

地下寶石箱

從洋房大門進入，不及十坪大之處，既是票口，也是紀念品與書籍販賣處，還有年長的服務人員親切地彎腰迎客。販賣處後方，就是從舊洋房建築轉接新現代建築的入口，亦即方才初來乍到時所見的矩形透明玻璃與清水混凝土箱的一端。

從外觀之，地上一層樓高的透明玻璃與清水混凝土箱，其實是個通往地下的廊道，盒子兩端都是入口。目前只開放接臨舊建築的一端，供人進入。

步下階梯，兩旁的景象從林蔭處處的日式庭園，慢慢變成了清水混凝土牆。牆上沒有張貼任何展覽標語或廣告，只有素面的細膩牆面與戶外間歇的鳥鳴。

安藤忠雄讓自然光線藉由雙側透明玻璃進入通往地下的廊道，讓人一眼就能對比新舊建築的差異與美麗。此外，當人愈往下走，自然光線愈來愈少，在光線的細緻變化下，參訪者隨之靜默，一階一步，整頓心情，準備前往靈性的殿堂——地下寶石箱的入口處。

大山崎山莊是安藤忠雄融合英式建築、日式庭園與現代建築的巧妙之作。（攝影　Mitsuo Matsuoka）

安藤忠雄轉化傳統日本寺廟的參道概念，藉著沒有紛擾訊息的廊道，讓美術館的朝聖者安靜思緒，改變性靈接收訊息的頻道。這座地下寶石箱，展覽四幅莫內名畫，如「睡蓮」、莫內八十歲時繪的「日本橋」等，以及兩幅雷諾瓦名畫，如「拿著果實時的婦人」等，可謂印象派愛好者的朝聖之所。

進入寶石箱方知，這是個圓筒形的建築，莫內的名畫就懸掛在清水混凝土壁上。光線特別幽暗，抬頭檢視才知，原來，觀賞莫內名畫的光線，並非自然光，而是燈光。安藤忠雄常用的自然光，跑到哪兒去了？

人們疑惑。

斗室正中央，被一個正方形盒子包圍，走進去，才發現自然光線來自頭頂上，那個地面庭園裡的蓮花池。

為什麼自然光必須被阻隔在這個正方形盒子，不能滲入擺放莫內名畫的圓形區域呢？

事實上，安藤忠雄當初的確想要採取自然光，卻遭到業主反對。業主認為，一方面，小偷能從天窗看見昂貴的莫內名畫，此外自然光恐將損害莫內作品上的油彩。結果，安藤忠雄只好改採現行的設計。

地下寶石箱的出口，是座清水混凝土箱包覆的電梯，直接通往地面層。這座清水混凝土電梯箱外層，除了電梯口之外，幾乎全被長春藤爬滿，從外看去，不特別提醒，還以為就只是庭園的一個造景罷了。這其實是安藤忠雄的用意，他希望新建築能融入風景，也能巧妙地對舊洋房建築形成刺激與對比。

新舊建築的對比

參觀完現代美術，這回，要進入舊洋房建築欣賞日本民藝運動風格的收藏品。

一樓入口附近，擺放美術館當初修復的設計原稿，還有安藤忠雄所繪製、無數次修改的設計圖，一筆一畫，都看得出安藤忠雄用想法與業主搏鬥的痕跡。

舊洋房有三層樓，只開放兩層樓，不論在二樓的大型陽台或是每扇窗戶，都能眺望天王山的自然美景。在咖啡香四溢的氛圍中，與庭園造景中站立的雕塑對望，或是看著相映成趣的玻璃長方盒。

一九九五年，大山崎山莊美術館完工。開館之後，一年內就來了五十萬觀賞者，這樣的人次，對於位居鄉下的美術館來說，幾乎是奇蹟。

施工之初，安藤忠雄就堅持保存基地上所有的樹木。他認為，這裡有得天獨厚的茂密樹林，春天能賞櫻，秋天能賞楓，即使民眾不是來參觀美術，也能在這個自然的花園裡陶冶心性。

從JR山崎車站仰望，再生的大山崎山莊美術館，在滿山遍野的蔥綠中若隱若現。它與千利休待庵都成為大山崎的資產，春暖花開之際，靜待人們隨興再訪。■

安藤忠雄保留了既有的庭園，在庭園的蓮池下方蓋了「地下寶石箱」，蓮池也成為地下建築的的自然採光口。（攝影 Mitsuo Matsuoka）

註① 參見《安藤忠雄論建築》，安藤忠雄著，白林譯，中國建築工業出版社。

是建築也是藝術

地中美術館
Chichu Art Museum

如果搭乘直升機飛越直島西南端，將會發現，大片綠色的森林包圍一座丘陵地區，其上分布著三個正方形、三個大小不一的長方形、一個三角形，以及兩個相連的圓形。

難不成，外星人在直島刻畫了記號？

丘陵下，其實是安藤忠雄的地下建築作品：地中美術館。

鹽田下的美術館

二〇〇〇年，安藤忠雄接受直島福武美術館財團理事長福武總一郎委託，再為直島設計興建一座美術館時，他來到直島西南端的丘陵地視察基地。

站在曾是鹽田的基地，安藤忠雄想像，當初居住在直島上的先民如何爬上丘陵，在鹽田中惡戰苦鬥。他覺得，保留直島的風景之際，也應該保留前人的生活軌跡與精神力量。於是，他決定保留鹽田的景觀，將美術館興建於鹽田下方。

或許是因為從小在長屋中長大，習慣在黑暗中追逐光線，安藤忠雄曾形容，「我總想往地層下去，有很強的傾向欲追求沉入黑暗中的空間。」①不僅於此，早在一九六九年，安藤忠雄三十八歲時，就曾經向大阪市政府提出在中之島興建地下建築的構想。當時，他將簡潔的幾何形體如球體、三角錐、立方體埋入地下三十公尺，做成模型。儘管提案未成，安藤忠雄卻早已經思考過地下建築的做法。

安藤忠雄希望能在地下興建美術館的想法獲得福武總一郎支持，也取得兩位受邀於美術館創作的藝術家同意：專注於光之創作的美國後現代主義藝術家特瑞爾（James Turrell），以及美國當代女性裝置藝術家瑪利亞（Walter De Maria）。

於是，二〇〇〇年八月，安藤忠雄開始設計地中美術館。

光的實驗場

「在地中這樣的黑暗裡，能夠讓空間浮起的就是光線。我想要建造一個藉由光線才能遇見莫內、瑪利亞、特瑞爾作品樂趣的一個不尋常空間。」②安藤忠雄說。

安藤忠雄說，他在考慮光線時，並非著重於在地表上開什麼樣的洞口，反而是先思考受光的那面牆將會呈現什麼樣的現象，以此來決定開口。比如，當某個三角形窗戶略微傾斜時，那麼，受光面牆壁的受光情形將會如何？能向人傳達什麼訊息？

設計地中美術館的過程，彷彿是在進行一場光的實驗。安藤忠雄不斷思索、琢磨，他要創造羅馬萬神殿那般令他感動的光線的建築。「我覺得很重要的是：人們在討論的是光線，但真正讓光線有意義的是建築。」③他強調。

最後，安藤忠雄將他對光線的親身體會與理解，具體呈現在地中美術館的設計。二〇〇二年開始動工，二〇〇四年

為了避免干擾瀨戶內海的美景，地中美術館完全建於地表之下，只留有幾個幾何狀的開口，引進自然光線。

六月完工開幕。

難分東西的地下經驗

進入地中美術館，必須經過一道道嚴密的審查。

身著白色實驗衣般的制服，地中美術館館員在一層樓高的獨立售票口前解釋，館內不准照相、不准背包包、不准使用電話、不得攜帶有墨汁的筆等規定。

持著入場券，沿坡前往地中美術館，沿路長滿了黃色的，既耐寒又抗風的霜扇蕨，這是直島最常見的植物之一。路邊忽現一池「地中花園」（Chichu Garden），館方研究過莫內蓮花池裡與周邊的植栽，選取一百五十種花草與四十種樹木，栽種在地中美術館附近闢建的一方池塘。走近一看，地中花園的模樣與莫內的名畫睡蓮真有幾分相似。

這座長在大自然中的花園，正與地中美術館內收藏的四幅莫內名畫相呼應。

當兩旁的樹木轉成了櫻樹，地中美術館的入口處前方，出現一個類似售票亭的方柱物體，裡面赫然坐著一名館員。她徐徐走出，負責收取門票，指引路途，不忘提醒安藤團員切勿攝影照相，相當嚴格。

真正走入美術館時，人們著實嚇了一跳。

雖然事先已經知道這是個地下的美術館，當真正踏入地下的黑暗，不禁心生一顫。沿著甬道前行，分不清東南西北，唯一能做的，就是往前走。

一個正方體中庭在甬道盡頭出現。清新的、約五十公分高的嫩綠色植物在中庭底部煥發著生命力。

這嫩綠色的羊齒植物名為木賊，原本是水耕植物，安藤忠雄將之用做中庭植栽。嫩綠色的色澤與素面的清水混凝土牆並陳，場域中充滿著和諧的寧靜之氣。

階梯沿四壁而設，轉瞬間，人們進入另一個中庭。只不過，這個中庭不再是正方體，而是個邊長十二公尺的大型三角體。站在三角體中庭入口，便能感覺直島丘陵地表吹來的海風。

這才發現，三角柱體其實並非規則的三角形，安藤忠雄故意讓三角形傾斜六度，造成視覺上的張力。此外，中庭地面上不再鋪陳綠意，而是使用自岡山運來的石灰岩。這樣的石頭中庭設計，有評論家給予「安藤流」之稱。

中庭的三面牆壁都是清水混凝土牆，不過，安藤在牆後切割出大小不一的切口，引入光線。步入牆後，深入地底的光線，令人有種置身地穴的錯覺，彷彿不前進，就要永遠埋在地底，無法脫身。

自然柔光中的莫內睡蓮

地下二層，有間光線柔和的展示室，四面白牆分別靜置莫內的四幅睡蓮系列畫作：「蓮池」（一九一五～二六年）與「蓮池」（一九一七～一九年）、「睡蓮」（一九一四～一七年），以及「睡蓮與柳樹倒影」（一九一六～一九年）。

長六公尺、寬二公尺的巨幅「蓮池」寧靜懸牆，從黑暗處往展示室內望去，彷彿真的是莫內生前作畫的那方蓮池的化身。

事實上，地中美術館的成立，源起便是為了這幅畫作。

一九九九年，直島福武美術館財團理事長福武總一郎到美國波士頓參觀莫內展，看到這幅畫，大受吸引。於是，他買下這幅作品。回到日本之後，他構思在直島再興建一座新的美術館，不僅委託安藤忠雄設計，還說服了兩位美國現代裝置藝術家一起進駐，為新的美術館創作。「這世界上有各種不同的宗教，我希望（在這裡），睡蓮能夠超越宗教概念的曼陀羅（智慧與聖者的居所），」④福武總一郎期待。展示室的設計概念，全為了凸顯莫內的「蓮池」。

設計時，安藤忠雄一直自問，該如何模仿莫內作畫時柔和的自然光線，並讓觀賞者也能感受到這種光線呢？

安藤忠雄引入來自天窗的自然光，做為這間展示室的唯一光源。不過，安藤忠雄在天窗下另置一塊白色方板，遮住直接光源，讓自然光線折射至牆面。

為了凸顯畫作，四面牆漆以白色的砂漆，牆與牆之間全無直角的接縫，而是圓潤的弧度。為了烘托柔和的光線，地板由義大利運來的大理石切割成二平方公分，四邊全無直角的七十萬片正方形白色大理石磚舖成，畫框也是採用白色大理石做成。

赤腳踏上這片大理石地板，大理石竟傳達著一種大地厚實的支撐感，恍如置身午間的蓮池旁。

走進展覽室，從任何一個角度與方位。能在均一的光線下，欣賞每面牆上的畫作。懂得利用各種室內材質，如此控制大自然光源，正是安藤忠雄的巧妙之處。

是藝術還是建築？

地中美術館的最大特色之一，就是從美術館設計之初，安藤忠雄便與藝術家一起商量，該創造什麼樣的空間以適合藝術家的作品。

在地下二層，一個不經意的玄關轉角，兩面相接的牆面，竟然出現一個方形的藍色光區，這是特瑞爾一九六八年的作品「角投射，淡藍色」（Afrum, Pale Blue）。

人們駐足，狐疑著：「這是個窗戶嗎？還是，兩牆各有缺口，光源來自牆後？」礙於美術品不得以手觸摸的規矩，

人們交頭接耳，莫衷一是。

抬頭四望，在接近天花板處，看見一盞光源。仔細端詳，光源前方的角投射鏡，將光束在牆面形成三度空間的視覺幻覺，造成觀者誤以為光源來自牆壁後方。走進另一個展覽室，展出的是特瑞爾的「開闊天空」（Open Sky）。與其說這是件展覽室，更精確地說，整間展覽室就是作品。

四面牆邊皆設置靠牆的長椅，人們坐在其上，彷彿坐在日本的電車上，座椅還不時傳來陣陣暖氣。然而，相異的是，電車乘客總是盯著手機或是書本。在這裡，人們不自覺抬頭凝視天花板上的方形開口，超現實之感，引人頻頻猜測。

這是因為，天花板上開了個切割凌厲的方框，看似天窗，卻又不見窗玻璃；看似一幅真畫，但是，凝視一段時間，卻又能看見天光雲影的幻化。

「難道天花板是個投影螢幕，持續投影著真實影像？」

「不對，因為，房裡不僅遍尋不著投影設備，而且那面牆上已經出現花與草的陰影。」

深10公尺的清水混凝土空間，藝術家瑪利亞用光線表達「Time, Timeless, No Time」的裝置藝術，是在地中美術館興建之初，就和安藤一起創造出來的。（攝影 Mitsuo Matsuoka）

「如果這天窗如果沒有窗戶，該如何防止風吹雨打？」
「萬一傾盆大雨，這個地下美術館莫非將要淹沒？」
「這應該算是個天井，天空直接與自然相接吧？」

安藤團員們原只是三三兩兩交頭接耳，後來卻成為團體討論，最後，大家一起尋找線索，想要解開各自的疑問。

事實上，特瑞爾將天井開口置於天花板中間，因此，即使雨天，觀賞者也不會被淋濕；而特瑞爾在暗處設置了雨水排水道，順利地讓四季與不同時刻中不斷變換的光線成為藝術品本身。

虛實辯證

步出「開闊天空」，再排隊等候進入特瑞爾的作品「開闊場域」（Open Field）參觀。

在館員要求下，展覽室每回只能進入十五人，而且必須換穿拖鞋。十五人排成兩列，走進橘黃色燈光的房間，在一堵牆前的階梯前停駐，凝視著前方，那是牆中央的一大片藍螢光色方形大框。

這大框是什麼？大家面面相覷。看似一張超大型電視螢幕，只不過，螢幕發出藍光，好似節目尚未播映。不料，館員此時卻一聲令下，要人踩上階梯。

「往上一階。」館員說。眾人照做。

「再往上一階。」館員又說了。眾人又照做。

渾身不對勁，感覺恍如十五名太空人列隊即將上太空；或即將遠赴南極探險。

「往前走。」館員說。大家似乎嚇壞了，因為，視覺所及，分明是一座牆，該如何往前走？難不成要撞牆嗎？

心裡才發出疑問，雙腳不由自主地遵循命令往前進。超乎期待的是，十五人竟然穿越了眼前的牆壁，瞬間進入一個開闊的螢光藍色場域。此時，眼睛失去焦點，只覺眼前是個無邊無際的空間，前無盡頭，左右也似乎毫無障壁，一整片冰天雪地的藍螢光色，彷彿真來到南極了。

難道，安藤忠雄真的特別為特瑞爾的作品，而將這間建築空間無限制地蔓延了嗎？顯然不是。

在這個空間裡，經過特瑞爾操控的光線不只創造藝術的全新體驗、建築的新空間感、視覺上的擬真感受，卻也促使理性開始反抗感官的經驗。

因為，眼前所見，顯然並非真實。但是，如果理性無法認可眼前的視覺感受，那麼，誰又能確信，走出美術館之後

傾斜6度的三角體中庭，有著視覺張力，地上鋪著岡山的石灰岩，是種中庭設計，有「安藤流」之稱。（攝影　Mitsuo Matsuoka）

所見的世界，何者為虛？何者為實？

「往前走。」館員繼續下令，直到一位團員走得太快，超過警戒線，頓時警鈴聲大作，經館員制止，團員才停止。

「請轉身望向來處。」館員再度下令。

轉過頭來，回望來時處，卻見一堵牆，牆上有個方框，而方框內的橘色空間駭然如異次元般。沒想到，方才還覺得螢光藍色的空間是個冷酷異境，現在，身處於藍光空間的十五人，由於眼睛已經適應藍光，反而覺得來時處像是個「非我族類」的空間了。

直到走出特瑞爾的作品展示區域，腦部細胞仍因理性與感官的強烈衝突而感到澎湃不已。

到底，這樣虛實交錯，引人置身幻境的光線裝置是如何辦到的？特瑞爾做了什麼？安藤忠雄又做了什麼？

更大的疑問是，到底這是藝術，還是建築？

既然特瑞爾是個以光為主題的藝術家，光本身就是他的作品。那麼，當特瑞爾在創作每一件精密計算的精巧裝置時，該如何與設計美術館的安藤忠雄互動？

自設計初期互相討論

安藤忠雄解釋，早在美術館設計之初，雙方對於各自的作品都有一定的興趣與認同，因此，有著最基本的共識。

安藤忠雄不諱言，每當設計一個空間時，他會徵詢藝術家的看法，而藝術家也常常會提出希望安藤忠雄配合的要求，這時候就需要互相商量。安藤忠雄認為，對藝術家來說，空間本身就是藝術作品，因此，他往往先提出自己的設計，讓藝術家思考作品該如何處理，雙方反覆琢磨。

走進地下三層欣賞瑪利亞在地中美術館的唯一作品，「時間／永恆／無時間」（Time, Timeless, No Time，二〇〇四年）。

一具表面光澤透徹的花崗岩球體置於階梯上，在這個空間，清水混凝土牆高度達到十公尺，也就是說，這是個光線深達地底十公尺的方柱體空間。瑪利亞在四壁擺置十幾個金箔表面的裝置，裝置分別由三角柱、四角柱、五角柱，三個一組，排列組合而成。

安藤忠雄從天窗引入自然光，於是，光線與窗外的風景，在花崗岩球體上形成如缺口般的倒影。同時，照射在階梯上的光線，各個金箔裝置折射的光線，都呈顯在球體上。

走近一看，任何時間，花崗岩球體呈顯的樣貌不僅差一秒就有所不同，而且，一年三百六十五天，每天、每個分秒，都有著不同的面貌。瑪利亞企圖藉由光線探索的，正是時間、永恆與毫無時間感的狀態。

安藤忠雄說，身為建築師，他透過與藝術家合作，創造了一個讓光線在球體表面跳舞的空間，「在這個空間裡，建築所擁有的力量，全部都被集中在光裡面了。」⑤

在地中美術館，安藤忠雄彷彿是一名光的煉金術士，運用深邃的光線，操作出令人們難以忘懷的感官經驗。而地中美術館的兩位藝術家都像是精密計算的數學家，與安藤忠雄合作無間，突破了觀者的感知框架，甚至深及生命的大哉問。

此時，區分地中美術館到底是座建築，或是件裝置藝術已無關宏旨，重要的是，它感動了人。走出地中美術館，有人問道：「如果一生只看一次安藤忠雄的建築，那麼，你會推薦哪裡？」

可以想見，大多數安藤之旅團員的答案一定都會是：地中美術館。■

註① 參見《建築學的教科書：建築學的十四道醍醐味》，安藤忠雄等著，林建華等譯，漫遊者文化出版。
註②～④參見《直島瀨戶內藝術的樂園》，秋元雄史與安藤忠雄著，日本新潮社。
註③～⑤參見《安藤忠雄建築手法》A.D.A EDITA Tokyo。

莫內四幅作品的展覽室。從任何一個角度都能在光線均一的情況下欣賞每幅畫作。（攝影　Mitsuo Matsuoka）

撫慰人心的精神堡壘

兵庫縣立美術館
Hyogo Prefectural Museum of Art

神戶港邊，陽光照著一段長達五百公尺沿岸廣場，沿岸是成片的綠樹。

廣場北端隔著馬路相鄰接的，是由白色的樸拙石頭所砌，看似日本傳統碉堡的基座。外觀結合鋼材與玻璃材質而成，這三只大型長方形玻璃盒子，連續蹲踞在基座上。平行連續的三棟建築物，不偏不倚地，睥睨藍天下閃耀如寶石的神戶港，以及更遠方的瀨戶內海。

這狹長的水岸廣場，與相鄰的三棟玻璃建築連成一氣，從空中看，就像是個「7」字。它們就是神戶市水際廣場與兵庫縣立美術館，是安藤忠雄凝聚市民意識、涵養文化美學的建築群組。

紀念震災力作

二〇〇一年九月，水際廣場與兵庫縣立美術館誕生，它是安藤忠雄繼淡路夢舞台之後，紀念「阪神・淡路震災」的又一力作。

一九九五年一月十七日，五點四十六分，日頭尚未降臨的清晨，那場芮氏七・二級的大地震，一瞬間震塌了關西地區十萬三千五百三十八棟房屋。眼下的美術館所在地，原本是工廠的所在，卻在十數秒的上下震動中，應聲變為斷垣殘壁。

當時，安藤忠雄一聽到震災消息，就趕往災情最慘烈的神戶街道上，思考自己能做些什麼。「震災之後，如果大家不能覺得住在這裡很好的話，這裡就會變成一個廢墟，」他指出。於是，他擔任「阪神・淡路震災復興支援十年委員會」委員長，提出許多震災復興計劃，包括提倡以植樹來復興神戶的市民運動：「Green network」。

當神戶市展開一連串震災復興計劃，兵庫縣政府宣布在基地上重建美術館，為此舉辦公開的國際競圖。經過各方激烈競圖，一九九七年決選時，安藤忠雄的提案獲得一等獎，正式取得興建兵庫縣立美術館的機會。

從正午懾人的日光下走進一樓門廳，室內忽然變得黝暗，再往內走幾步，室內突然又亮了。光線不刺眼，卻能照亮走道上一幅挪威表現主義畫家孟克（Edvard Munch）名作「吶喊」的大立牌。這光源不是電燈，而是門廳盡頭那兩層樓高的大片不透明玻璃射進來的自然光；不同的是，經過安藤忠雄處理，這光線並不透明，卻又出現微闇微亮的曖昧，甚至還有種堅固的質感。

門廳盡頭是個螺旋形的走道，走道是表面滑潤的清水混凝土材質。走在其上，彷彿走在半徑上，以圓心為中心點不斷繞行；當人們還醞釀於自然光的沐浴，享受素面材質安靜的極簡，轉眼間，已經上樓來了。

這才知道，螺旋形走道，將人從室內帶到室外；此時，站在兩棟玻璃建築之間，必須選擇，該向左走，還是向右走。如果不選左右，那麼，往神戶港的方向看去，會是個

兵庫縣立美術館的螺旋走道。人們品嘗素面牆面的極簡，沐浴在自然光下，
轉眼間便來到了開放空間。（攝影　Mitsuo Matsuoka）

在兵庫縣立美術館，民眾可以同時親近藝術、水與綠意。（攝影　Mitsuo Matsuoka）

極佳的眺望點。港風吹拂，水際廣場種植的綠樹，也帶來春意。

施工當初，安藤忠雄便有計劃的造林；樹苗則是震災之後，由全國各地募捐而來的。樹木在水際廣場成長，散播著捐贈者當初的一片片善的心念。

思考建築物與環境關係

從外觀之，基地面積一萬九千平方公尺，總建築面積卻廣達兩萬七千五百平方公尺，挑高四層樓的兵庫縣立美術館，給人一種宏偉之感。

美術館雖說是三棟長方形玻璃盒子，實際上，是由兩棟建築相接，與另一棟建築物之間則隔著一個中庭。

這個「二加一」的配置，彷彿是一對雙胞胎並肩而立，旁邊還緊跟著差一歲的弟弟。而且，怎麼看都是一家人。因為，這三棟建築，在面向神戶港的一面，都是三層樓高的玻璃。站在戶外的某個角度，還能從玻璃側影看見沿岸藍寶石般的水景。

安藤忠雄說，這種分棟式的配置，是想要讓常設展、企劃展與一般市民展覽的作品，能夠有獨立展出卻又互相對話的足夠場域。

在美術館中遊走，一不小心，就會從室內來到室外，不只是因為安藤忠雄的設計；還因為，不論室內與室外都有藝術品；或許可以說，不論室內與室外都是美術館。

安藤忠雄為兵庫縣立美術館開放了大量的戶外空間。比如，「風之庭」是一個夾在兩棟建築物中間的廊道，廊道中只有兩方長椅，坐在上面，感受風切，似乎，聽風聲也成為一種藝術形式。而走出美術館基地，也能直接走到相連的水際廣場，不僅讓民眾在戶外休閒與美術觀展之間毫無隔閡；而且，民眾不僅能親近藝術，也一併親近水與綠意，融為一體。

「我想要讓藝術延伸到廣場；我思考的不只是建築物本身如何設計，還包括，要為建築物與周遭環境之間創造出什麼樣的關係，」安藤忠雄說。①

不斷說服，突破傳統

這樣開放、包容又全觀的設計，其實，不是順理成章的，是安藤忠雄經過說服而來的。

一九九一年時，安藤忠雄接受私人委託，在大阪港區沿岸，設計興建三得利美術館。當時，他看到美術館臨港邊的一塊長形政府用地，他希望，美術館的設計能延深到這塊空地上，使得空地成為民眾休閒活動的場所，也能吸引民眾自然而然走入美術館。

但是這塊空地屬於政府所有，他提案之後發現，「政府與政府之間互不溝通，無法對話，」幾乎讓他的提案無法推動。於是，建築業界人士斷言，這「幾乎是一個不可能完成的建案」。不服輸，喜歡搏鬥的安藤忠雄跑遍大阪市政府、日本運輸省等相關機構，來回溝通，最後，終於說服官方認同他的想法，同意他的提案。②

一九九四年，三得利美術館與港邊廣場以新面目世人，安藤忠雄證明，意志力與熱情，可以把不可能變成可能。「我們常常為了打破傳統而必須不斷挑戰，甚至必須要面臨龐大的壓力；但是，我也常常想，這是否也讓後來者能夠更為順利呢？」安藤忠雄曾經自問。

曾經付出的心力，終能得到回報。這一次，當安藤忠雄提案要將兵庫縣立美術館的設計延伸到水際廣場，就援引三得利美術館的先例，成功地說服了兵庫縣政府；而且，順利的完成設計與施工。

天空輕懸一抹白雲，美術館不時步出民眾，三三兩兩。他們在水際廣場的樹下休息，拿出便當裡的壽司飯糰，就要享用。

在此用餐的感受勢必異於他處，因為，佐飯享用的，還有安藤忠雄精心準備的光、風、水、綠意，與戶外散立的美術饗宴。■

註①② 參見《安藤忠雄建築手法》A.D.A EDITA Tokyo。

館內的光線在安藤忠雄的巧妙安排下，有種堅固的質感。（攝影　Mitsuo Matsuoka）

狹山池博物館

Sayamaike Historicae Museum, Osaka

一三九二年前的先人，何以維生？又何以孕育子孫至今？尚步行於長廊，還未進入博物館園區，就能聽見水的澎湃。仰頭看，兩座三層樓高的長方體矗立在藍天之下，毫無水的蹤跡；那麼，水聲打哪兒來？

一入園區，開闊的長條狀水庭便挑戰人的視覺；左右兩道水瀑向中央的水庭澎湃而下，震耳欲聾。水瀑則來自一層樓高處的淺塘。晴天萬里無雲，春陽將空中布滿的水蒸氣泛出一道彩虹，人們興奮地鑽進水濂間，相機啪啪啪，拍不釋手。

水，總能引起人們的童趣之心。

與水搏鬥、與水共生的人文史

水，正是安藤忠雄設計狹山池博物館的主要元素。

公元六一六年，地方上的人們為了引水灌溉農作物，開鑿了狹山池，成為日本最古老的水壩式蓄水池。

狹山池是人們生活之所寄，沒有狹山池，就無以生存；人們靠狹山池水灌溉、在狹山池捕魚、飲水，日出而做，日入而息；千年來，在狹山池的旭日與夕陽美景中繁衍代代子孫。

然而，水能載舟，亦能覆舟。公元七六二年，狹山池一度決堤，八萬三千人共同參與修復，才阻卻了狹山池淹沒農作與民生的悲劇。此後，千年之間，狹山池不斷因年久失修、自然災害或戰爭損害而被重修與改良。期間，知名的歷史名人如行基、重源、片桐且元等人，都曾經是主導修復狹山池的重要功臣，他們也是日本早期的水利專家。

直到一九九三年，大阪府重修狹山池，決定將狹山池原有的灌溉功能轉型為疏洪水壩。此外，決定在狹山池北岸的一塊基地上建造博物館，邀請安藤忠雄設計。

當時，安藤忠雄五十二歲，前一年為西班牙萬國博覽會設計日本館，在國際建築界的聲譽如雷貫耳；在日本境內，相繼完成水御堂、直島美術館等創作，國內外評價與受獎不斷。

出身大阪的安藤忠雄，創業以來，作品大多集中在關西地區；接下大阪狹山市的狹山池博物館的設計工作，不只能藉此追溯己身所從出的歷史源頭，符合他設計之前考察當地歷史與人文的一貫態度，也想要藉著建築來呈現先人在一千四百年前，如何與水共生、與水搏鬥，運用智慧，孕育大阪文明、千古流芳的人文史。

當他來到基地，大阪府修復狹山池北岸時早已經挖掘出許多珍貴考古史料，諸如：七世紀與十七世紀的護堤木柵、七世紀的輸水管、二十世紀初設置的鐵骨混凝土取水塔，都被保存下來，以便日後開設博物館時，做為展示之用。

水是簡單的元素，卻是安藤忠雄設計狹山池博物館最重要的元素，也最引人入勝、流連忘返。（攝影　Mitsuo Matsuoka）

矩形體建築旁的水塘，以及兩道水瀑，看以嚴謹節制，實則洶湧澎湃。（攝影　Mitsuo Matsuoka）

水的元素

該設計一棟什麼樣的博物館，才能吸引民眾前來參觀水利史料？

「我決定將周遭的環境整合進建築物中，」安藤忠雄說，「創造一個符合狹山池所擁有的偉大歷史，讓環境本身就是一座博物館。」①於是，他決定運用水這個簡單的元素，創造出令人有感覺的博物館氛圍。

矩形體建築旁的淺塘，以及淺塘流入水庭的兩道水瀑，看似嚴謹節制，實則洶湧澎湃。鑽進水瀑，來到水庭盡頭的清水混凝土中庭，中央立著一柱，據說，安藤忠雄是要引人在中庭聚集、討論，成為一個開放的討論空間。自中庭向水庭回首，仍在水庭流連的人們早已構成一幅美麗風景。安藤忠雄的建築物中，人總是風景的一部分。

自中庭沿壁旋轉而上，來到博物館正館入口。一入正館，沒有人能不被聳立於博物館正中央，高十五公尺、長六十二公尺的巨大堤岸震住。

這塊堤岸是大阪府修築狹山池北岸時，從北岸的堤岸表面取下的一〇一個石頭所重組的。堤岸表面粗獷的顆粒與館內清水混凝土細緻的牆面質地形成極大對比；原來，千年來，前人曾以一塊塊石頭築堤，既要維持生計又要護衛家園，週而復始，不曾間斷。

堤岸貫穿三層樓高的正館，兼具樓梯功能的走道環繞著堤岸而上。人們邊步行邊讚嘆，也反思自身的渺小。

用心呵護珍貴的歷史文物

走進另一棟博物館，以鋼與玻璃為主要材質的館內，一具龐然大物在此矗立。這是九十多年前打造、全日本最古老的鐵骨混凝土取水塔，一度是狹山池的象徵與地標。塔前兩旁橫陳十七世紀的輸水管，更是數百年來，人們養家活口之所寄。

處置這些巨大的文物，是設計興建狹山池博物館的最大挑戰之一。

從一九九四年六月至一九九七年三月，安藤忠雄光是設計狹山池博物館的時間，就耗費了三十五個月；其中，建築施工如何配合巨大的古文物，便是個大課題。一九九七年七月，博物館開始動工。隔年四月先暫停施工，用吊車把巨大的取水塔放進博物館預定地的工地中央，以重重鋼筋固定，再把塔頂吊上取水塔的頂端，完成之後，才繼續構築周遭的鋼筋，讓建築物「包圍」著取水塔。

取水塔的規模極大，光是塔頂的圓周，便相當於十幾人合抱；而取水塔是重要文物，既置入工地，建築工程又不能損壞它，相當艱困。

一九九九年時，建築物的施工都完工了，博物館卻要拖到

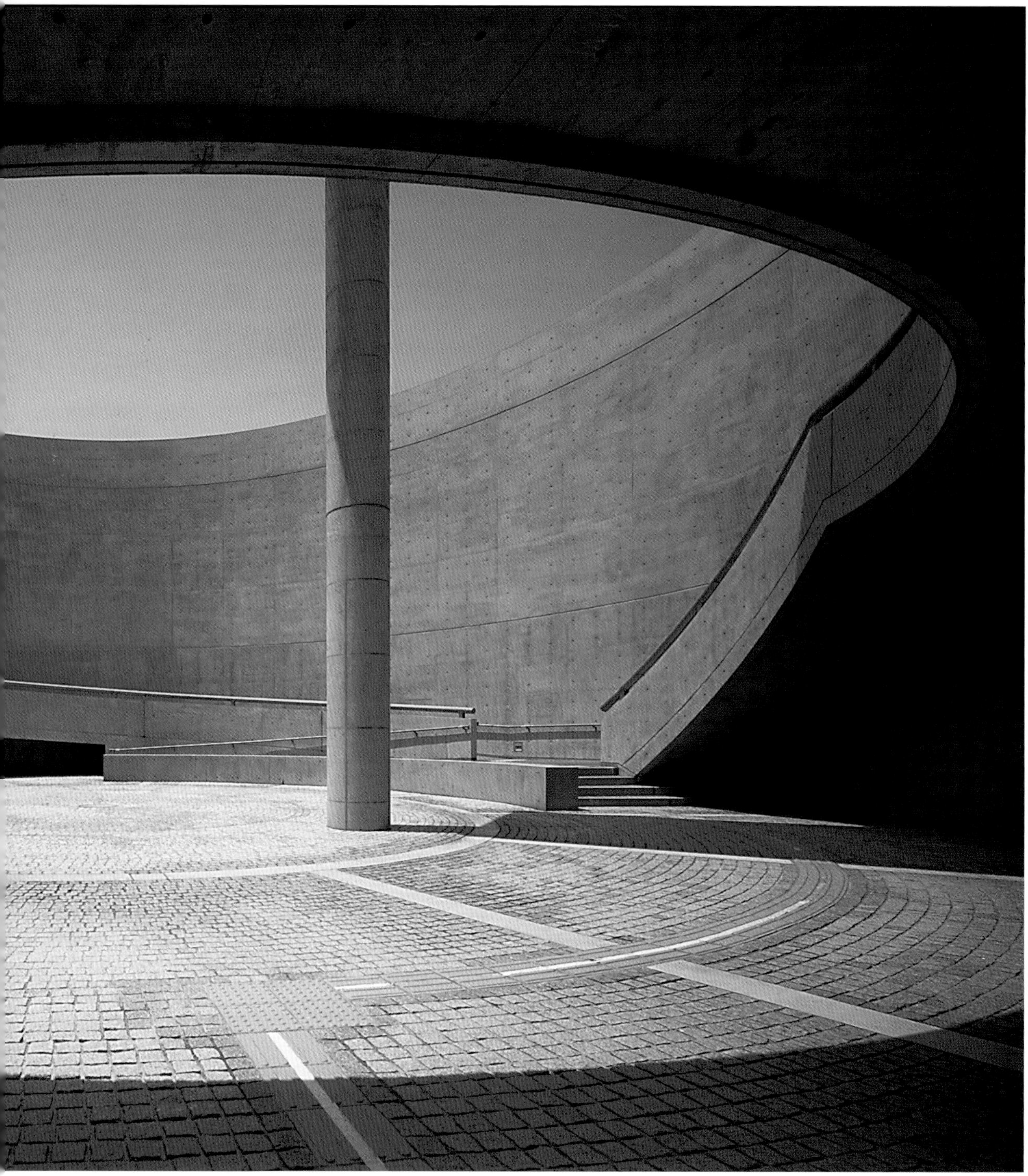

二〇〇一年才開館。館方指出，由於必須在正館內，就地將一〇一塊當初由北岸取下的護堤表面重新組合，極花時間。而十五公尺高、六十二公尺長，如一道厚牆般的護堤，該如何在正館中固定，也是個學問。

此外，當初挖掘出來的七世紀（飛鳥時期）與十七世紀（江戶時期）護堤木柵，浸泡於能強化保存年限的藥劑裡，已經長達兩年半，也必須經過乾燥後方能在館內就定位。換句話，博物館的設計施工，在在必須考量並兼顧狹山池的珍貴歷史文物。

安藤忠雄縝密的用心，得到高度評價。

二〇〇一年三月底，狹山池博物館開幕，每位參訪者，總是震懾於澎湃的水濂、端詳高大的堤岸，追思著前人週而復始不斷修復堤岸的心血，仰望年逾九十的日本最古鐵骨混凝土取水塔。

櫻花盛放的狹山池

水庭盡頭的清水混凝土中庭，安藤忠雄希望此處能成為一個開放的討論空間。（攝影　Mitsuo Matsuoka）

狹山池博物館南邊，就是池面遼闊的狹山池。步行環繞狹山池一圈，需時兩小時半。

安藤忠雄為了吸引民眾前來，施工之間，便與村民一起在狹山池四周種櫻花樹。每到春天，建築物與盛開的櫻花融為一體，為狹山池與博物館更添詩意。

四月櫻花季，人民搭電車到狹山池賞櫻。村民與學童不時前來種樹，還清掃狹山池博物館水庭，地方上也成立了野鳥觀察會，旁邊的植物園也會一起合作，在博物館舉辦活動，成為活動的發生地。

一三九二年前，眾人齊心齊力開鑿狹山池：一三九二年後的今天，一座有人文歷史觀的博物館，再引發一群人齊心齊力。

我們看見，心念的凝聚力可以如此之大，如此之深，如此之遙。■

註① 參見《Ando Complete Works》,Philip Jodidio, TASCHEN。

由101塊護堤重組而成的堤岸，在博物館完工之後，矗立於館內。粗糙表面與安藤忠雄細緻的清水混凝土牆，形成文明史的強大對比。（攝影　Mitsuo Matsuoka）

文字精神不滅的空間

司馬遼太郎記念館

Shiba Ryotaro Memorial Museum

安藤忠雄運用嵌玻璃的組合，表現司馬遼太郎筆下各種不同的人物性格。
（攝影　Mitsuo Matsuoka）

春天，黃色油菜花沿路盛開的大道上，一群人邁著嘉年華會般的遊行步伐，穿過大阪府東大阪區裡房舍低矮、僻靜的小社區，前往日本大眾文學巨擘的紀念館：司馬遼太郎記念館。

司馬遼太郎（一九二三～九六年）在大阪出生，享年七十三歲，原名福田定一。之所以取司馬遼太郎為筆名，乃是因為「遠不及司馬遷」之意。

司馬遼太郎寫過《坂本龍馬》、《菜花的海邊》、《台灣紀行》等五百本歷史小說、評論、論文等著作，「日本文化功勞者」等獎勳等身。司馬遼太郎到過世之前都相信，日本人可以擁有正面自信的力量，追求著光明的未來，這個信念一直透過他筆下人物傳達給日本大眾，至今仍感染許多日本人。

每當油菜花盛開，便引發日本人對司馬遼太郎的追思。

司馬遼太郎生前最喜愛的花，就是質性強韌、生命力旺盛的油菜花。因此，記念館附近的人行道上，沿街鋪排著一盆盆鮮黃的油菜花。仔細一瞧，每個花盆上都標誌著不同小學或中學的名稱；這是多年來，由中小學生種植、捐獻並持續認養的。

故居與故居的茂盛雜木

穿過小巷弄，因著司馬遼太郎記念館的招牌，辨識出記念館的所在。

入口處沿用原本的故居大門，故居圍牆也刻意保持原樣，只因圍牆的混凝土質地極為粗曠，怎麼看都不像是出自安藤忠雄之手。從故居大門進入，第一棟建築物就是司馬遼太郎的故居。故居前方，滿園的樹木與花草四處蔓延，這些都是司馬遼太郎生前親自栽植的。

安藤忠雄曾說，這些雜木並非一般的園藝植物，因為司馬遼太郎喜歡它們，就這樣種下了；有趣的是，這些雜木似乎也因著主人的眷顧，更加旺盛地生長，生生不息，茂密的程度，幾乎就要遮蔽故居了。

自樹木間隙向故居的窗戶望去，司馬遼太郎生前的椅子依稀能辨，故居雖不開放參觀，卻隱隱透露著一種精神不滅之感。

沿故居前的步道往茂密的花園深處前進，只見一條圓弧形的透明玻璃廊道。盡頭，正是安藤忠雄設計的司馬遼太郎記念館。

書海中的司馬遼太郎

一九九八年九月，在司馬遼太郎過世的兩年後，安藤忠雄接受委託，為司馬遼太郎設計記念館。安藤忠雄決定，要以司馬遼太郎的寫作習性與作品特質，做為設計素材。

設計之前，安藤忠雄來到司馬遼太郎故居，看見司馬遼太郎生前為了寫書而蒐集的書籍與資料，成千上萬、汗牛充棟地擁塞在每排狹小書櫃上時，龐大的分量與浩瀚書海的景象，遠遠超過他的想像。「我曾聽說過一段軼事，司馬先生生前，每當要寫新書的時候，神田的古本屋街（知名的古書街）上，某種特定主題的相關書籍，會突然整個消失。原來，這件事一點都不誇張！」①他說。

司馬遼太郎文字的重量與意義的深遠，就藏在故居的書海之中，於是，安藤忠雄決定將這種感覺，化為一座十一公尺高的大書櫃，沿著記念館的牆壁鋪展。此外，記念館的設計，也以書牆為主題。

為日本人指引光亮

從玻璃廊道踏入記念館入口，由於方才的陽光強烈，使人一時尚無法適應室內的黑暗。此時，記念館最內處的不透明窗，卻隱約有著些許微光。

朝那微光走去，愈來愈進入記念館內部；這才發現，這愈近愈亮的自然光線，將地下一樓到地上二樓的整面展示區都照亮了。

安藤忠雄向來擅於處理自然光線，這段路的設計，便是要凸顯出安藤忠雄對司馬遼太郎作品的感受。他覺得，二次世界大戰後，日本人彷彿墮入黑暗，看不見方向，而「司馬先生透過先人偉業，為日本人找出微弱的光線，一路帶給人們希望。」②

方才的光源，就是透過一大片不透明玻璃而來。這是由許多片不同材質的玻璃組合鑲嵌而成。安藤忠雄之所以使用不同材質、不同形狀、不同顏色的玻璃，用意是要表現司馬遼太郎筆下各種不同角色的個性。正因為有各種不同個性，也展現出不同的光。

順著階梯來到地下一樓，這才知道，地下一樓的展示區中，每面牆都是書櫃；而挑空的設計，容許一面書牆從地下一樓直衝地上二樓，整整十一公尺高。厚度達二十三公分深的書櫃中，整齊羅列著司馬遼太郎生前蒐集的兩萬本書（僅及藏書的一半）、地圖，包括《台灣紀行》在內的一系列著作，以及用過的物品：眼鏡、彩色鉛筆、放大鏡。為了方便取書，地上還鋪著軌道，調整軌道上的書梯，便能接近任一個高度的書櫃。

文字的重量

將腳跟身體貼近這十一公尺高的書牆，仰首凝視，自然能感覺到何謂「司馬遼太郎一個個文字的重量」；儘管，你可能沒有閱讀過任何司馬遼太郎的作品，卻能感受到安藤忠雄對司馬遼太郎的敬意。

為了凸顯安藤忠雄當時「被司馬遼太郎難以想像的浩瀚書海包圍」的意象，他堅持使用書牆。然而，後來卻因為製作這大書櫃的工匠與技術不容易掌握，耗費了不少工夫。

自地下一樓向上延伸至地上二樓的書櫃，共11公尺高。收藏了兩萬本司馬遼太郎的藏書。（攝影 Mitsuo Matsuoka）

從二〇〇〇年七月施工，到二〇〇一年十月完工，僅只是四百四十六平方公尺的建築物，卻花了十六個月的時間。顯然，建築所耗費的時間，並不完全端視建築物大小，還須視工法與技術難度。

記念館入口處同時也是個紀念品展售區。向來很為業主著想的安藤忠雄，總是特別為他操刀的博物館簽書或簽明信片，供參訪者收藏。這裡也不例外。

有趣的是，館員大多都是中年以上的先生或太太，他們一方面守護著這座作家的記念館，嚴格執行禁止攝影的規定；一方面，卻又充滿愛心地將參訪者購買的油菜花種子或明信片，小心翼翼地包裹裝袋。

走出記念館大門，陽光已經褪了熱力。這才發現，玻璃廊道外也是滿園的花草樹木，中央放置一排長椅，有人坐在上面凝視著這整座記念館。陽光透過玻璃，在清水混凝土牆刻劃出光影；時光，因此能被凝視、被欣賞、感動人。

滿園的植物，越過新館前方，橫過步道，悄悄地向故居前方的雜木花園伸出觸角。

安藤忠雄曾說，想要了解司馬遼太郎作品的生命力，應該來看看他故居的這些雜木。事實上，在興建記念館時，安藤忠雄保存了基地上既有的樹木，他甚至覺得，「當它們和司馬先生故居前院融合為一體，我認為，這才是記念館真正完成的時候。」③

二〇〇八年到訪的當下，看來，安藤忠雄心目中的司馬遼太郎記念館已然真正完成。■

註①～③參見《司馬遼太郎》，司馬遼太郎記念館出版。

記念館前是座圓弧型的玻璃廊道。廊道前方的花園長椅是欣賞記念館的最佳駐足地。
（攝影 Mitsuo Matsuoka）

夢想的起點

中之島線工地

Nakanoshima Line

2008年秋天，靠近安藤忠雄夢想最近的車站即將完工。

從二〇〇六年開始，每年的安藤之旅中，安藤忠雄必會安排一個參觀工地的行程。

這樣的機會，毋寧是難得的。因為，看工地能一探日本建築工法獨步亞洲的梗概。此外，能參訪安藤忠雄施工期間的建築，是別無僅有的經驗。若換了時間點來，建築可能已經完工，甚至開始啟用。還有，參觀工地也能一探安藤忠雄建築工法，比如清水混凝土的施工。

夢想的起點

二〇〇八年的機會更加難得，因為這個工地最接近安藤忠雄不斷搏鬥、從不放棄的夢想追尋起點。這裡就是：中之島。

中之島是座被夾在兩河中間的島，是塊東西向的沙洲。位於大阪中央，是大阪市政府等重要機構的所在地。一九八〇年，安藤忠雄主動針對中之島提案。

一九二一年設立的大阪市政廳周遭，如日本銀行大阪分行等、圖書館等，都是重要的歷史建築。安藤忠雄認為，與其只是被動保護這些建築，卻跟整個城市隔離，不如將活力引入。怎麼做？

他提案，一方面保護市政廳的立面，一方面從外部加上立體玻璃網格狀的柱廊建築，將充分的自然光引入市政廳，活化市政廳，整個空間還能對市民開放。但是，大阪市政府卻否決了安藤忠雄的這項提案。

安藤忠雄沒有放棄。一九八八年，他捲土重來，再度主動針對中之島提案。這次，他針對一九一八年設立的中之島公會堂做出一個模型。他認為，在地下一樓，地上三樓，可容一千五百人的公會堂內部，可以建造一個長三十二公尺、寬二十一公尺的蛋形建築，成為四百席的會堂，蛋形建築的周遭做為美術館使用。安藤忠雄想要藉此提案為公會堂創造與激盪；創造舊建築的新功用。這次，大阪市政府依然否決他的提案。

其實，安藤忠雄還曾經向大阪市政府提出中之島綠化，在地下蓋美術館、音樂廳、會議廳等構想，但都沒有被大阪市政府接受。二〇〇八年，安藤忠雄安排團員參訪中之島新線工地，別具深意。

當車子行經中之島公會堂這棟紅磚造的會堂，想像那顆蛋形建築放在公會堂的模樣，實在令人佩服安藤忠雄的創意。

沒想到，中之島公會堂旁邊不遠處，就是安藤忠雄安排團員參訪的工地現場；而工地現場所在的Naniwabashi 站的車站建築，竟然就是安藤忠雄的作品。過了三十年，安藤忠雄仍對中之島環抱夢想，而這座最靠近中之島公會堂的中之島線車站，正是距離他夢想起點最近的車站。

對外聯繫不便

中之島雖然是重要的政治樞紐，多年來，卻從未興建地鐵或高鐵聯通，對外聯絡極為不便。一九八九年，大阪府的運輸政策規劃二〇〇五年之前必須興建。二〇〇一年，中之島高速鐵道公司成立，由大阪府與大阪市共同出資。二〇〇二年中之島線動工，預計在二〇〇八年秋天通車。屆時，新線將能連接京阪本線，快速輸運大阪與京都之間的交通。

也就是說，二〇〇八年秋天，安藤忠雄最靠近夢想起點的車站設計，就會落實成真。有幸的是，安藤之旅團員能親眼見證。

中之島線分為六個工區，每個工區都由不同的營造團隊負責施工。安藤之旅團員參訪的第五工區，由大林組、前田、大鐵等共同企業體組成，當一百九十六位團員魚貫下車時，穿著白衣、一塵不染的現場人員與安藤忠雄建築研究所的四位建築師已經穿戴著安全帽就定位。為了接待團員，第五工區的工地現場必須停工半天。

工地通道前的幾張桌子，安全帽、粗布手套等分門別類，放置其上。現場人員一一確認團員是否穿戴完畢後，便將團員分為四組，分批進入工地。

工地現場的清潔度令人嘆為觀止，連工地人員的衣服都少染髒汙，這是日本工地的作業習慣。地下兩層的一處空地上，早已擺放五十張椅子、五十副耳機與對講機。團員就坐，工作人員便開始簡報中之島新線工地的始末與工法。

中之島線施工期間，為免影響市民生活，採取向地下開挖的「開削工法」。

講者的嚴肅姿態，彷彿在向市政府官員報告。

二〇〇八年秋天完工通車

中之島新線全長二・九公里，設置四個新站，由南到北，包括起站的中之島車站、渡邊橋站、大江橋站與安藤忠雄即將設計的Naniwabashi站，終點站則是天滿橋站，與京阪本線共用。

中之島線施工時，為了不影響市民的日常工作與生活，採取開削工法（open-cut method），往地下施工。每個車站間由不同的廠商承包，每個工區間的連接與貫通，都需要精密的計算與工程設備。

聽完簡報，實地走一遭地下二樓的剪票口，以及地下三樓的鐵道與月台。

環顧周遭，現場的工作人員相當稀少。解說人員指出，在日本，由於缺工嚴重，因此早已研發出工業化、量產化的預鑄水泥，送到工地

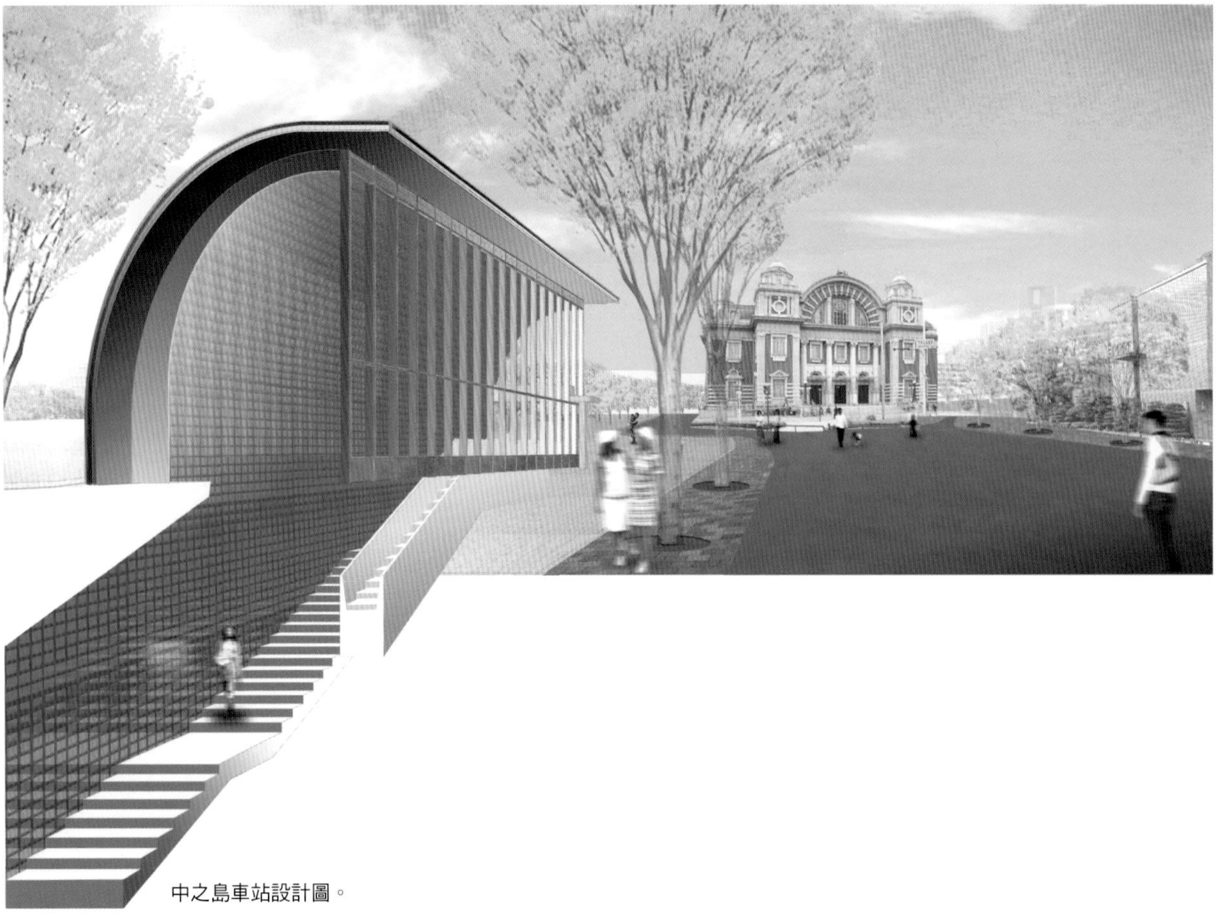

中之島車站設計圖。

現場直接組裝，因此大量降低現場人員的需求量，反而加快了工程的進度、效率與品質。

回到地面，一群出身建築與工程專業的安藤之旅團員蹲在幾名現場工作人員旁，正在鑽研清水混凝土施工時的細節、工法，想摸索出安藤忠雄堅持的建築手法的精要之處。

中之島新線的車站，由於天井較高，未來車站的空間將給人寬廣、開放之感；至於車站的地面建築，卻相當受限，建築師指出，屆時，地面建築只是一個狹窄的「入口」，可以發揮的空間相當有限。儘管如此，在安藤忠雄的設計圖上，車站入口將以玻璃做為牆面，入口內側則採用燈光照射，夜晚會投射藍光，形成水般的氛圍，反映中之島的夾在兩條河川之間的地域特性。

二〇〇八年秋天之後再訪車站時，便能看見這最接近安藤忠雄「中之島夢想」起點的建築作品；只是，中之島公會堂內的蛋形建築，不知何時才可能實現？■

給年輕人的重要提醒

安藤忠雄
對全體團員
演講精華

有夢，就有青春

安藤忠雄對全體團員演講精華

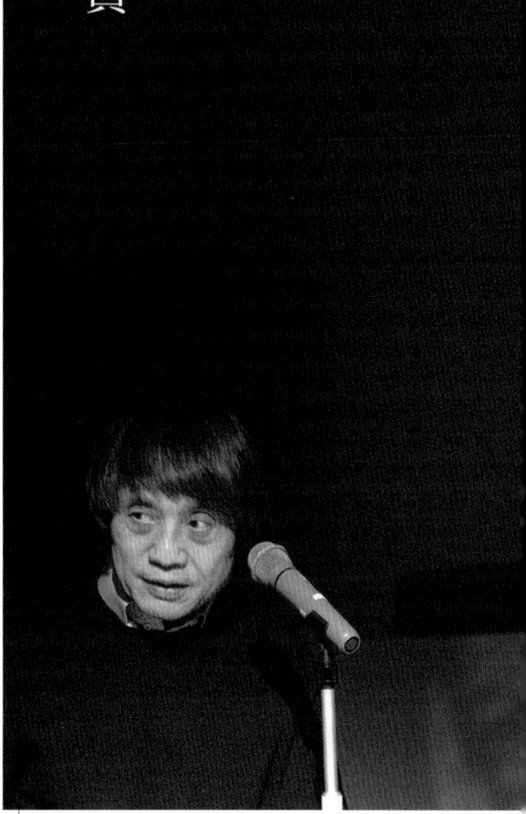

兵庫縣立美術館，晃亮的水岸、湛藍的天，這座安藤忠雄在阪神．淡路大震災之後的重要作品，直矗的意志，靜待台灣來的安藤粉絲。

淡路島，一百九十六名台灣安藤之旅團員齊上車，引頸期盼著神戶的兵庫縣立美術館。一小時的車程，團員雀躍難安，期待聆聽這場建築家安藤忠雄特別他們舉行的演講。當兵庫縣立美術館進入視線，遊覽車稍停，團員們便湧入美術館，在演講廳選位坐定，然後，不住探頭望門，期待那個建築書上熟悉的身影。

安藤忠雄來了！

一貫的妹妹頭，全身黑色衣著，安藤忠雄在團員的掌聲中，快步穿越投影大螢幕，來到舞台左邊的講桌。「大家好！」安藤忠雄頷首微笑，這是他演講的標準開場。

安藤忠雄對台灣年輕人給予什麼樣的提醒？他將如何啓發台灣來的建築迷？他的作品與他建

築夢想的追尋，如何激勵人們為夢想努力？詳見本書作者為安藤忠雄先生所做的演講紀錄。

當今的日本，在我看來，在亞洲地區似乎有點落伍了。我個人認為，像台灣、中國、韓國、甚至越南等國，現在比日本還有精神。

在政治上，很多人說，日本政府比較好。我覺得，大家恐怕誤會了。為什麼？

日本在二次世界大戰後非常努力，的確非常出色，直到一九七〇年代，真的非常有元氣。結果，一路承平到二〇〇〇年之後，因為太過平安，大家都有點傻了，導致日本在很多方面有點落後。比如，日本的教育現在出現問題：每個學生都在同樣的標準下，為同樣的目標努力，創造出一模一樣的日本人；假使有一百人，那麼，一百人都朝同一個方向前進。但是，仔細想想，一百人應該有一百種個性的。

換做是一百個台灣人，就完全不一樣了吧。看動作就知道，如果說要往這邊走，結果，大家都會走自己喜歡走的路。我認為，這才是一個國家的生命力。當然，要有統一的風格，也很重要；因此，企業需要好領導者；國家需要好領導人。以此而言，日本是個很容易統一、諧和，卻缺乏元氣的國家。

日本人到十八歲的義務教育為止，每天都在考試。會考試的人就進東京大學、京都大學等一流學府就讀。結果，進了東大，每個人都是同一張臉，每個人都朝同個方向努力。如果你只想在日本國內工作，這樣的人沒有問題；但是，這十年，國際化有長足進步，日本人從此必須和台灣、韓國等各國的人合作，這樣的人，很可能就會有問題。

我認為，台灣今後若要很有元氣地發展，創造更多有活力的年輕人，相當重要。

孤獨走著不同的路

在日本的精英教育社會裡，我是個走不同路的人。

我高工畢業後，雖然想上大學，卻因為經濟因素使然，無法完成願望。但是，因為我對建築很有興趣，所以我決定，好！我一個人要朝這個方向努力，因此，一個人走上這條孤獨的道路。

康莊大道綻放許多花，但是，我一個人卻走著這條大家都看不見的路，於是我對自己說，我要讓這條路也能開花結果。

當時，我身邊很多人都說：「你都沒受過正規的教育，怎麼能成為一個建築家？」但是，我認為，在台灣也一樣，不用上一流大學，也不用到國外留學。其實，我覺得一個人要成功有兩個條件：意志力和熱情。

我個人認為，精英的時代已經結束了。不過，大多數日本人仍不這麼認為。國際化的社會，工作夥伴可能由台灣、澳洲、中國等各種不同人組成，有學歷當然好，但是，學歷並不是全部。

大約二十幾歲時開始，我就從事建築的工作，那時候，我根本沒有工作可做，有些很小的案子上門，我就懷著感恩的心情而做。我下定決心：「要用自己的力量，以建築為本業，來養活自己與家人，這是我的目標。」

有句日本俗語說：「聞一知十」。所以，只要用命去拚，有了一，就會有十跟著來。然而，很多所謂的精英，他們可能只想著十，從來沒有真正的一。所以，有了元氣；努力也很重要。當時的我，就是要努力工作，追求夢想。

我認為，台灣是個元氣的國家，而且，已經有許多優秀的台灣人活躍在國際上。從日本人的眼光來看，覺得這是很幸福的一件事。

我現在的案子遍布世界，墨西哥、美國、法國、阿聯等國都有工作。我大概每個月要出國一次，這星期也是，我先出差巴黎，再到威尼斯，三天的行程。

但是最近，我的想法有點改變了，我不太想去歐洲、美國，反而比較想把重心放在亞洲。因為，我覺得亞洲絕對是最有活力的地方。儘管我在歐美和許多知名人士共事，預算也很充分，所以，案子大多非常安定，業主是班尼頓（Benetton）、香奈兒（CHANEL）、亞曼尼（Armani）等公司，我覺得已經很足夠。我反而更感激，今天台灣安藤之旅這樣接近兩百人相聚，增進台日雙方交流的機會。

傾聽年輕人的聲音

二十年前，我針對讓高密度的城市有個新風貌，而提議將大阪車站前的一棟大樓屋頂完全綠化，大阪市政府根本不理睬我，日本社會就是不聽年輕人的建言。

我很生氣，於是就繼續提案，不但屋頂上要種樹，屋頂上還要加蓋美術館等公共設施。結果，案子被大阪市政府再度否決。他們說：「安藤先生，你以後再帶這種提案來，我們要逮捕你喔！」

所以，我呼籲台灣要能成為一個能傾聽年輕人聲音的社會，也希望日本朝這個方向走。

大阪的中之島公會堂是個九十年前的舊建築，我當時沒有工作做，於是提出了一個建築更新的提案，要在公會堂裡面蓋個蛋型會議廳。我認為，發想時應該自由自在，通常，隨後總會碰到成本、經費、實用性等因素影響。於是，我將構想提出，結果大阪市政府就叫我別再提案了。

可是，身為年輕人的我，就是不放棄，就是一直做。後來，提案當然沒有被採用。

正巧，京瓷公司看到我的提案，覺得很有趣，於是在別的場所採用我的提案。所以，年輕人應該多發聲，這樣才會被看到，機會才會來臨。如果沒有發聲，就不會有任何機會。

我覺得，台灣是很有元氣的國家，有很多機會讓年輕人發揮。我覺得，如果能夠儘量鼓勵創意，會有很多嶄新的結果出現。我覺得，現在在日本，能夠出現這種年輕人的機會已經很少了。

要有說服他人的熱情

住吉的長屋，是我三十五歲時的作品。

在建築內部，中間夾著庭園，裡面是廚房，廁所與浴室，二樓是寢室。如果不通過中庭，就無法走到廚房。藉由通風的中庭，便不需要使用空調，所以我跟業主都覺得是個很好的案子。

但是，結果跟我們想像的不一樣。天氣冷的時候，一定要經過中庭才能走到廁所；下雨時，必須撐傘才能去上廁所。這是什麼設計啊？但是，當時的我認為，人們可以跟大自然共生啊！

迎著大阪灣，有個叫做海遊館的水族館，旁邊就是三得利美術館。三得利美術館的老闆是個腦筋很柔軟，很有彈性的業主。委託我設計一個沒人看過的建築物。當時，我四十七歲。

三得利美術館的前方是海，大海和三得利的基地之間，間隔著一塊大阪市政府的土地。當然大海由國家管理，當我開始著手設計，希望美術館跟海岸能呈現自然而然相連在一起的感覺。但是，這塊連接了大海與基地的區域，一部分是大阪市所有的土地，一部分是國家海岸管理用地，牽涉各部會；而部會之間沒有對話。
年輕人就是有一種說服的熱情，所以，我分別去跟各部會說服了十幾次之後，就成功了。所以，我覺得，年輕時多提案是好事。

即使同樣在關西地區，大阪、京都和神戶間的關係不佳。當時，大阪市的領導階層說，三得利美術館前面的這塊廣場做起來，希望能吸引神戶和京都的人。對於這個空間，我思考，是否能做一些有趣的發想呢？我對大阪市提案，在美術館前的海域來養三隻殺人鯨吧！這樣，京都和神戶的人應該會為慕殺人鯨之名而來吧？

我舉這個例子，是希望大家放輕鬆，創造一些趣味。於是，我向大阪市政府提案：「養三隻殺人鯨吧！」有時候，位居要津者比較缺乏勇氣。企業家亦然，挑戰既有價值都需要勇氣。

當時，自我提案以來已經歷經第三任的大阪市長也很需要勇氣。他問我：「安藤先生，殺人鯨不會死吧？」我說：「牠是生物，當然會死呀！」後來，市長又說：「萬一殺人鯨死了，就很傷腦筋耶！」而拒絕了我。不過，即使到現在，我還是鍥而不捨地繼續提案。

提醒年輕人，如果你有一個想法，你必須要一直說，一直說。為什麼？因為精英分子不容易被說服。很多時候，工作若不能持續，就無法有成果。如果我不是在全世界各地工作，我也沒有辦法持續累積成果。

活力執行
機會跟著來

其實，有趣的工作，你若能很有活力的執行，機會就會從世界各地來。

十年前，亞曼尼（Giorgio Armani）打電話來找我，我想，誰是亞曼尼啊？真奇怪！就掛電話了。一個星期之後，我才知道，是亞曼尼本人親自打電話給我。現在，我在幫他設計美術館與企業總部。

另外，我也曾幫電影「駭客任務」（Martix）製片希維爾（Joel Silver）設計他的家，當初也是他親自打電話來委託。年輕人應該都知道知名搖滾合唱團U2。三年前，U2的主唱波諾（Bono）打電話來，說想要見見我。以我的年齡，對於波諾毫無所悉。結果，我說：「No, Thank you.」一年後，他親自造訪我的事務所，引起日本人騷動。既然他來了，我就帶他去拜訪了光之教堂。

走進光之教堂，波諾問：「我可不可以在這裡面唱支歌？」於是，他唱了「奇異恩典」（Amazing Grace）。我才了解，他果然很會唱歌。後來，我們就成了朋友。

我認為，藝術是超越國界的。後來，波諾委託我幫他設計私邸。今年五月，我會與他會面，預定錄製ＮＨＫ的對談節目。台灣應該也看得到。

我覺得，夢想有很多種，有小小的夢想，也有大夢想。

我第一次到台灣，大約是在一九六五年。當年的台灣人，都很努力拚經濟，日本有個時期也曾是如此。

夢想無法用學歷或金錢買到。我覺得，很多嘗試可以很有創意，可以從你的頭腦開始出發。所以，即使許多很小的案子，也可以有很多有趣的嘗試。在日本這種承平的社會，就比較難出現有趣的創意。有時候我們要運用想像力，人生會更加有趣。

很多人懷疑，夢想是不是只能想一想，卻無法完成？事實上，包括和企業的合作，很多夢想都是可以完成的。人生只有一次，必須認真思考人生要怎麼走，然後，在自己能力範圍內，努力去做。我自己也是這麼希望。

儘管如此，我在日本，即使自己努力去做，難免遭到他人的指教。但是，我和在座諸位一樣，對建築都有熱情，我總是想著，希望透過建築讓包括日本、台灣、韓國的亞洲各國的環境都能夠更好。我認為，不論是哪裡，只要對我有期待，我都會盡一份力，這是我身為人的一個主要義務。

今年四月二十一日，我即將在台灣舉行一場演講，也許屆時還能與大家相遇。我也會帶著幾位事務所的建築師同行，與大家見面，我希望讓他們看看台灣人的精神。此外，我接下來會繼續我在台灣的工作，想要跟台灣朋友進行更深刻的交流。■

上 住吉的長屋是安藤忠雄的成名作，設計理念之一就是人與大自然共生。
中 憑藉著不斷說服的熱情，安藤忠雄讓三得利美術館成為市民休閒與文化藝術的空間。
下 安藤忠雄最富盛名的作品光之教堂，曾深深感動搖滾樂團U2主唱波諾。

北海道
本
本州

自助輕鬆行

體驗大師作品，不一定非得要跟團才可以。
先把功課做好，為自己安排一趟安藤之旅。

九大景點怎麼去？
搭地鐵看遊大阪
從東京出發的兩條建議路線

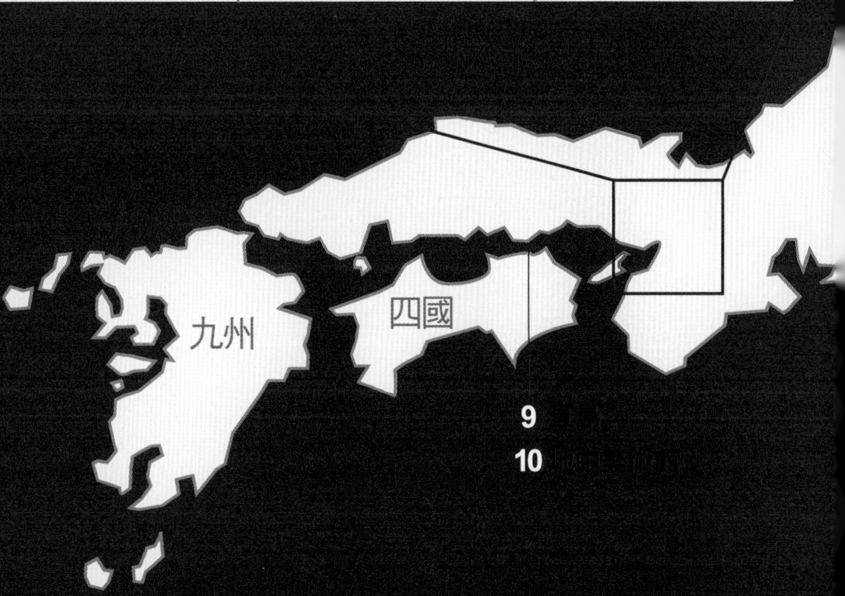

真言宗本福寺水御堂 Water Temple

淡路夢舞台 Awaji-Yumebutai

9大景點怎麼去？

直島現代美術館 Benesse House Museum

大山崎山莊美術館 Oyamazaki Villa Museum

地中美術館 Chichu Art Museum

兵庫縣立美術館 Hyogo Prefectural Museum of Art

狹山池博物館 Sayamaike Historical Museum, Osaka

司馬遼太郎記念館 Shiba Ryotaro Memorial Museum

中之島線工地 Nakanoshima Line

01 水御堂
Water Temple

位於日本兵庫縣淡路島，1991年完成。曾獲日本「建築業協會賞」。不同於一般宗教建築向上發展、強調巨大屋頂的傳統，水御堂是座建在蓮花池底下的佛寺。堂內整片大紅落地木窗格透出令人震懾的光。

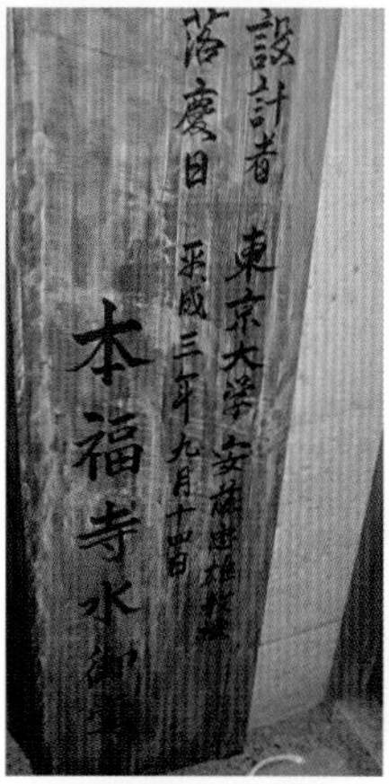

地址：兵庫縣津名郡東浦町浦1309-1
電話：0799-74-3624
開放時間：9:00~17:00
門票：免費
交通：JR線三之宮站下車，坐高速巴士至大磯港巴士站下車，步行10分鐘。

02 淡路夢舞台
Awaji- Yumebutai

位於日本兵庫縣淡路島，2000年完成。曾為興建關西機場所需，挖禿整座山頭，安藤忠雄主動向政府提案，決心改造此地。如今，已是結合美術館、國際會議廳、飯店、植物園的新觀光景點。

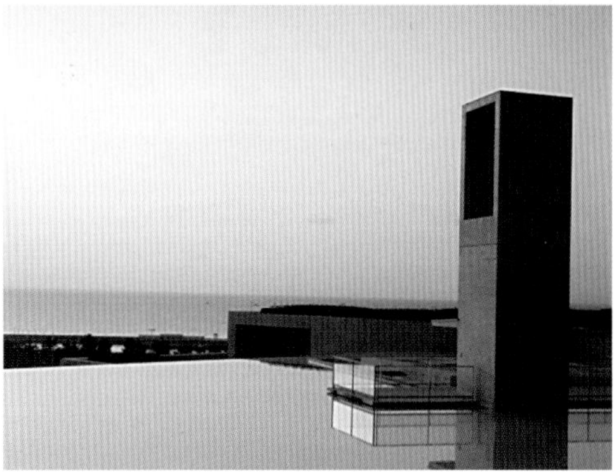

網址：www.yumebutai.co.jp
地址：兵庫縣津名郡東浦町夢舞台1番地
電話：0799-74-1111
開放時間：全年無休
門票：無
設施：包括國際會議廳、威斯汀飯店、奇跡之星植物館、百段苑、花木林苑、貝之濱、野外劇場等
交通：JR神戶線舞子站下車，從高速舞子坐高速巴士。
或從JR新神戶站坐途經三之宮站的直達巴士。

03 兵庫縣立美術館
Hyogo prefectural Museum of Art

位於日本兵庫縣，2002年開館。鋼板、清水混凝土、玻璃、花崗岩為主要材質，簡潔沉穩。與淡路島夢舞台同為紀念阪神大地震的作品，被當地人視為災後復興的精神象徵。館中收藏國內外雕刻、版畫，以及與兵庫有關的藝術作品約七千多件。

網址：www.artm.pref.hyogo.jp
地址：神戶市中央區肋浜海岸通1丁目1番1號
電話：078-262-0901
開放時間：週二至週日10：00~18：00，
特展期間的週五、週六延長開放至20：00。
每週一休館，逢國定假日則順延至隔日休
門票：成人票500日圓，高中生、大學生400日圓，
中小學生、敬老票250日圓
交通：搭地鐵在JR灘站下車，從南出口步行約10分鐘

04 直島現代美術館
Benesse House Museum

位於日本香川縣，1992年完成。日本福武集團總裁福武總一郎為保留傳統民宅，計劃在直島興建文化村，由安藤忠雄統籌。此處的設計充分體現了安藤忠雄「人與建築應和環境共生」的理念，收藏以當代藝術品為主。

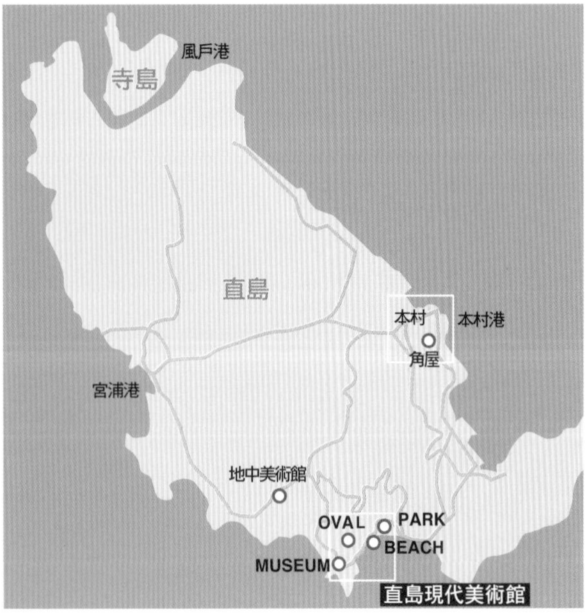

網址：www.naoshima-is.co.jp/english/index.html
地址：香川縣香川郡直島町琴彈地
電話：81-87-892-2887
email：naoshima@mail.benesse.co.jp
開放時間：8：00~22：00
門票：1000日圓
交通：同地中美術館

05 地中美術館

Chichu Museum

位於日本香川縣，2004年完成。為了完整保有瀨戶內海的美景，地中美術館成為一座沒有外觀的建築，只在地表留有幾處或正方、或圓型的開口。內部極簡，展現純粹美學，藏有莫內名畫。

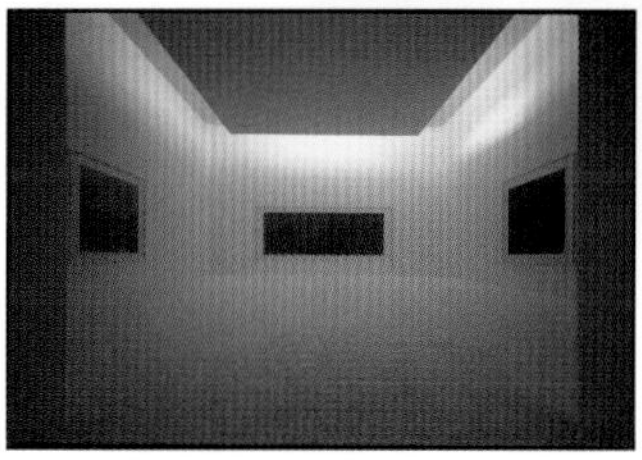

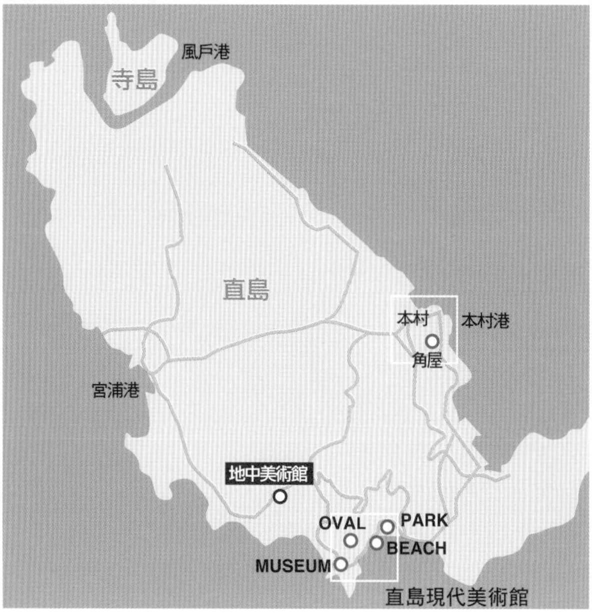

網址：www.chichu.jp
地址：香川縣香川郡直島町3449-1
電話：087-892-3755
開放時間：每年 3 月1日至9月30日為10：00~18：00
（最晚17：00入館）
每年10月1日至2月底為10：00～17：00
（最晚16：00入館）
門票：成人票2000日圓，15歲以下免費。
另外發售一年期的年票，售價1萬日圓
交通：出大阪關西機場後，從新大阪搭新幹線到岡山，約50分鐘，再轉JR到宇野港，約四十分鐘。從宇野港坐四國汽船前往直島約二十分鐘，轉乘島上交通巴士即可。

06 大山崎山莊美術館
Oyamazaki Villa Museum

位於日本京都，1996年完成。1910年代日本企業家加賀正太郎建造了大山崎山莊，目前屬朝日啤酒所有。安藤忠雄受邀增建新展覽館。往地下發展的建物，讓此新館有「地中寶石箱」之稱，莫內名作「睡蓮」收藏於此。

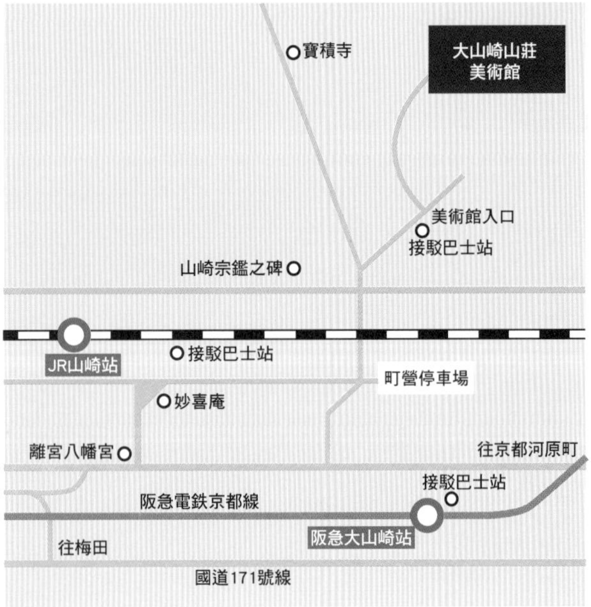

網址：www.asahibeer-oyamazaki.com
地址：京都府乙訓郡大山崎町錢原5-3
電話：075-957-3123
開放時間：10：00~17：00 ，最後入館時間為16：30
門票：成人票700日圓，大學生、高中生500日圓，中小學生免費
交通：JR京都線山崎站下車，或阪急京都線大山崎站下車，步行約10分鐘

07 狹山池博物館
Sayamaike Museum

狹山池原為水壩式蓄水池，建造於七世紀初。隨著時代更迭，歷經多次修繕，完整保留了各個時期土木專業的智慧與技巧。館內透過影像與模型等方式，以淺顯易懂的說明介紹，清楚呈現人類自古以來與治水、灌溉、土地開發有關的歷史。

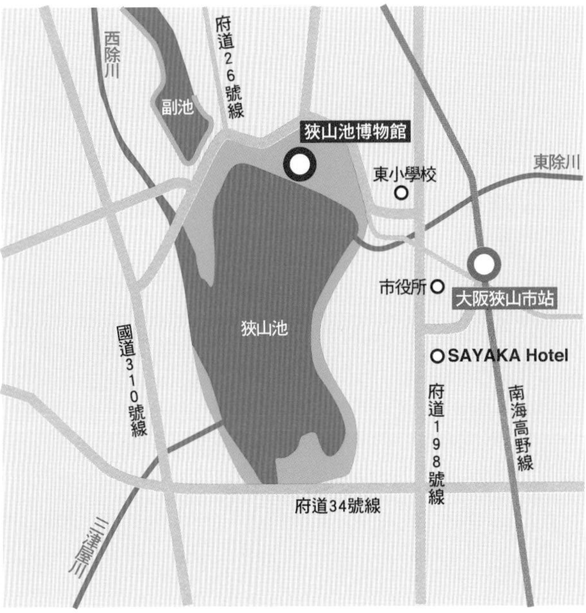

網址：www.sayamaikehaku.osakasayama.osaka.jp
地址：大阪狹山市池尻中2丁目
電話：072-367-8891
開放時間：10：00~17：00，最後入館時間為16：30。
每週一休館，逢國定假日則順延至隔日休
門票：免費
交通：由南海電鐵難波站搭乘高野線電車，於狹山市站下車，向西步行10分鐘

08 司馬遼太郎記念館
Shiba Ryotaro Memorial Museum

記念館包括了兩大部份：司馬遼太郎的故居，以及在其身後所興建的記念館。
訪客可以在花木扶疏的園中漫步，然後沿著一條環型玻璃甬道進入安藤忠雄設計的新館。
館內兩側是座高11公尺、收藏兩萬冊書的的書牆，也是司馬遼太郎五百本歷史文學作品的資料來源。
建議訪客在書牆間的坐椅上小坐片刻，感受一下大文豪的精神。

網址：www.shibazaidan.or.jp
地址：大阪府東大阪市下小阪3-11-18
電話：06-6726-3860
開放時間：週二至週六10:00~17:00。
每週一休館，如遇國定假日則順延至週二休。
9月1日～9月10日、12月28日～ 1月4日不對外開放。
門票：成人票500日圓，初、高中學生300日圓，小學生200日圓
交通：坐奈良線到河內小阪或八戶之里，兩站都可以下。記念館位於兩站中間，沿著路邊指標大概走十多分鐘。

09 中之島線
Nakanoshima Line

中之島位於大阪中央，是大阪重要的政經樞紐。2001年中之島高速鐵路公司成立，2002年中之島線動工，預計2008年秋天通車。屆時，新線將能連接京阪本線，快速運輸大阪與京都間的交通。

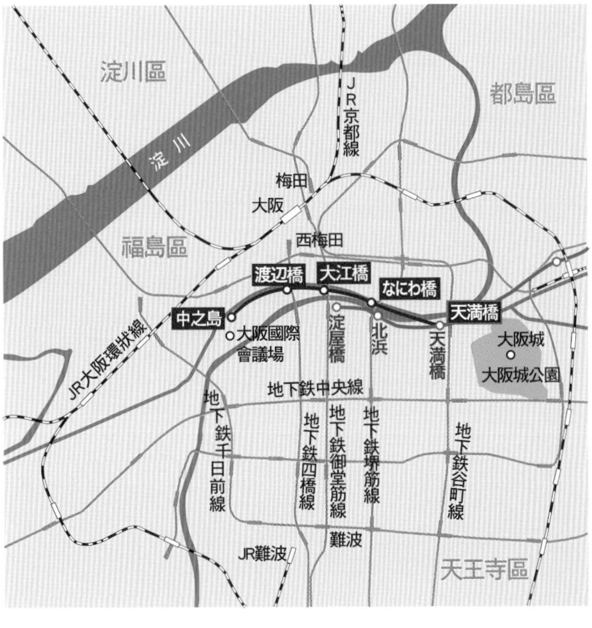

網址：www.keihan.co.jp
電話：06-6945-4585
說明：本線是從京阪本線天滿橋車站連結至大阪中心的商務圈，另有東西地下連結路線。在本線行駛通過的中之島地區，將有國際會議場、美術館、飯店等。

搭地鐵遊大阪

大阪，是安藤迷朝聖的原點城市。重要的必訪景點有光之教堂、住吉長屋、三得利美術館、環球影城，以及安藤忠雄建築研究所。

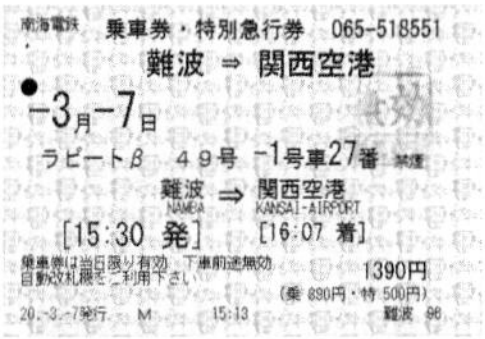

大阪交通方便，以地鐵為主、公車為輔，順利尋訪大師蹤跡不成問題。建議最佳的參觀季節是春天。規劃路線如下：

DAY 1

中午抵達關西空港，前往住宿地

抵達關西空港後，在11號乘車處搭乘前往難波站的巴士，前往預定住宿的地點。建議住宿於地鐵御堂筋線的難波站或梅田站附近，因為百貨公司與流行時尚小店雲集，夜間可逛街。

由地鐵御堂筋線難波站搭車至梅田站，再步行至JR新大阪站，轉搭JR夢幻線抵JR環球影城站。

DAY 2 抵JR環球影城站

初出月台時，會發現月台的白色屋頂與一般ＪＲ車站不同。屋頂看似一張平鋪的帆布，實則一種膜建材，將刺眼的陽光削弱得相當溫和，但是卻又透亮宜人。月台位於地下一樓，沿階梯步上地面一樓，仰頭觀察，一樓站體的屋頂運用了更大幅度的膜建材，左右兩片罩住站體，像個尖頂帳篷。而支撐膜建材的鋼結構則在膜建材下方交錯出一格格人眼狀的網，彷彿天花板真有著一只只天使的眼睛正在盯著人瞧。

步出車站，來到站外的馬路旁，遠眺車站外觀。走得愈遠，愈覺得ＪＲ環球城站的建築看似一座童話中的馬戲團帳篷，安藤忠雄運用狀似白色帆布的膜結構建材，為環球影城憑添歡樂洋溢的效果。

其實，這種膜材料具有高透光性，白天，不論在ＪＲ環球城驛的站體或月台，自然光線都能透過膜面，因此，能使整個空間明亮、通透。在傍晚或夜間，當站體燃起

燈光，則燈光又會使得膜面向外散發出一種暈染朦朧感，於是，夜晚的ＪＲ環球城驛外觀，恍若正在舉行一場馬戲團表演；或是，即將進行一場盛大的室內嘉年華會。

來到ＪＲ環球城站，若有時間玩賞，也別錯過環球影城的遊樂設施。五千五百日圓的入場券，可以一票玩到底。從大人小孩都喜歡的「侏羅紀公園」的乘船探險、「史瑞克４Ｄ冒險歷程」、「大白鯊」；經典電影「回到未來」乘車探險、「ＥＴ星際探險記」、「魔鬼終結者」、「浴火赤子情」；兒童最愛的「史努比娛樂場」、西部牛仔區等電影娛樂設施，只玩一天絕對不過癮。

環球影城到處都有紀念品店可供購買留念，比如史努比攝影室商品屋、Hello Kitty專賣店、電影史瑞克商品等。此外，如果想要在大阪享用好萊塢美式料理，在環球影城東側也有五十多家餐廳可供選擇。

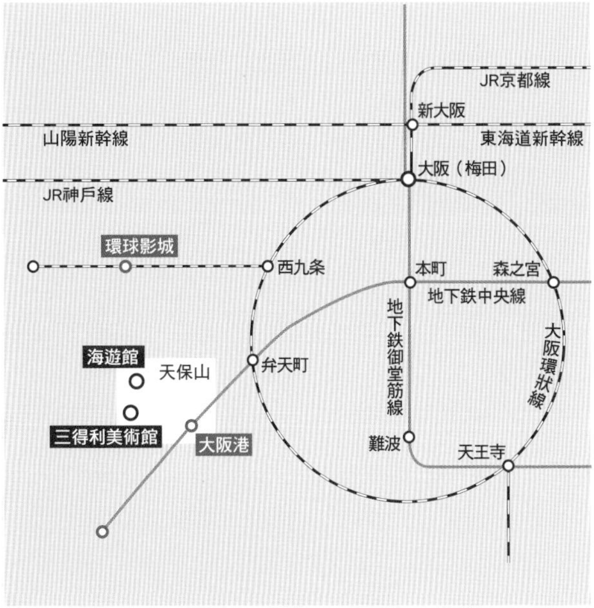

環球影城 Universal Studio Japan
網址：www.usj.co.jp
地址：此花區櫻島1-1-33
電話：06-6464-4646
門票：5,500日圓，一票玩到底

由南海難波站搭南海線前往住吉大社站，步行約15分鐘即可抵達住吉的長屋。參觀完畢後，再由住吉大社站回到南海難波站，步行至地鐵御堂筋線難波站，搭車抵本町站，再轉搭中央線至大阪港站，步行10分鐘即可到達三得利美術館。

DAY 3

目的地為住吉的長屋以及三得利美術館

搭乘南海電鐵，兩旁的建築物樓層愈來愈低，離大阪市中心也愈來愈遠。住吉的長屋是安藤忠雄三十五歲的成名作，雖然是私人宅邸，不容入內參觀；但是，若真想一探其外觀，則搭車前往住吉大社站，仍有機會走訪。

住吉大社的車站名，源自於神社「住吉大社」。住吉大社建於三世紀，是日本最古老的神社之一，也是大阪最富盛名的神社；日本全國分布兩千多個住吉神社，在此則是總社。據說，每年年初來此參拜的人潮，多達三百萬人。

走出住吉大社站，就是與南海電車線垂直的道路。這條道路雙邊的人行道上沿路豎立許多石燈籠，顯然，這條路曾是前往住吉大社的參道。在住吉大社正前方的道路上，尚有行走於路面的阪堺線電車，當電車姍姍前來，七、八個候車者悠哉上車，

充滿郊區的慢生活風情。很難想像，祭祀鼎盛之時，方才的參道，與住吉大社前的馬路如何能擠滿三百多萬人？這條阪堺線電車又該如何通行？

尋找住吉的長屋，並不如想像中容易，但卻是個有趣的探索經驗。沿住吉大社前方的馬路步行約五分鐘，看見住吉稅務署時，再轉進稅務署旁的巷道，繞進繞出，竟然來到了住吉大社的後方。一個歐吉桑騎腳踏車經過，臉上帶著笑，開心地用日語問我們，是不是在找什麼目的地？

無奈語言不通，雙方在比手畫腳之後，就互相道別。才目送歐吉桑離開不久，我們就在一條小巷弄中找到住吉的長屋。

整條巷子僅容一車單行通過，而住吉的長屋夾在左右兩棟房舍之間，素淨的清水混凝土箱，在一樓立面正中央內縮一個長方形的入口。走近這幽暗的長方形入口一看，不禁噗哧一笑，因為上面貼了一張名片大小的紙片，竟然是安藤忠雄親手繪的住吉的長屋外觀速寫，速寫下方還標明地址，是個充滿手感的門牌。

撫摸清水混凝土牆表面，雖然是會經過風吹雨打的外牆，卻是相當溫潤。顯然三十

多年來，住戶是費心維護這這棟房舍的。為了不打擾住戶，或造成周遭居民的困擾，筆者不敢逗留太久。此時，巷口又閃進兩個日本人，他們一看到住吉的長屋，滿臉寫著：「啊！就是這個！」的模樣。舉起相機便按快門，流連一會兒，便帶著滿足的笑容離開。

離開住吉的長屋，穿越住吉大社就能直達住吉大社站。對於毫無宗教信仰者來說，住吉大社可以視為一個森林環繞的大公園。園中有著川端康成的文學紀念碑，因為，川端康成的不少作品都曾提及這裡。此外，大社中還有一座紅色的拱形橋，跨在池塘上，柳蔭處處，相當清幽。拱形橋身與橋面相當古老，由石頭鋪成，頗具古風。下了橋，兩旁都是小攤販，販賣著章魚燒等大阪小吃，引人食指大動。

不過，真要想用午餐，建議前往住吉大社站前的餐廳群，價格較大阪市實惠、美味又能飽腹。

觀察許久，來到車站前一家名為（古古路）的餐廳。餐廳面積不大，但是店面相當清潔，每一張桌上都有著鐵板裝置，可

以讓顧客自己在鐵板邊煮食，邊喝酒；或是，當廚師將烹煮完畢的菜餚送來，可以利用鐵板保溫。我們點了古古燒定食，定價竟然只要六百五十日圓，這價格遠低於市中心（如難波或心齋橋）的小店定價。

吃完幾碟小菜、喝完味增湯，古古燒已經送到眼前的鐵板上。可能擔心觀光客不知如何食用，二廚來到桌旁，將一只盤子大，厚度達三公分，內夾各種青菜與豬排肉的古古燒淋上醬汁，翻面再煎，隨後再塗抹辣醬汁，再度翻面煎熱。此時，二廚問我們，喜不喜歡吃柴魚片？筆者點點頭，二廚幾乎是將柴魚片「倒」滿古古燒正面，鋪平，再淋上番茄醬。隨後欠身離去，留下筆者張大嘴眼，望著量大豐盛的主餐，不知從何下箸。

大阪人充滿創意，將各式菜、肉與海鮮拌煎，裹以雞蛋，竟能創造各式美味的「燒」。不過，大阪市中心隨處可見的各式「燒」點，卻沒有一家比住吉區的古古路餐廳更實惠、美味、環境清潔、待客親切。也許下回再來時，再來跟老闆打聲招呼吧。

住吉大社
地址：大阪市住吉一住吉2丁目9-89
電話：06-6672-0753

推薦餐廳：「古古路」餐廳
地址：大阪市住吉區長峽4-6-103
電話：06-6672-8889

三得利美術館

從中央線大阪港站下車，步行大約五至十分鐘，沿著海岸可見天保山大摩天輪、海遊館等大阪著名旅遊設施，隨後便是三得利美術館。

遠望三得利美術館，特殊的建築造形，引人注目。建築是由兩座長方形建築左右包夾一個倒插的圓錐體，只不過，圓錐尖端已經削去。

從倒圓錐體的建築物走入，原來，倒圓錐體內部是一個球體的IMAX電影院，館方說，這是目前世界上最大的3D電影院。在IMAX電影院中，螢幕高二十公尺，寬二十八公尺，目前播映的影片是「深海」（Deep Sea 3D）與「恐龍復活」（Dinosaur Alive 3D），每隔一小時播映一場。看著深海魚類游到眼前，像是要穿過頭部；而恐龍在森林中突如其來張開大嘴，視覺效果相當震撼。

三得利美術館不只展出娛樂效果十足的動畫，在倒圓錐體旁邊的兩棟長方形建築，則定期舉行各種美術特展，一間則經營咖啡館。三得利的策展能力相當不錯，舉辦的特展也很有看頭。比如，三月初展出的是法國詩人兼畫家，也是畢卡索的學生羅蘭桑（Marie Laurencin, 1883～1956年）特展。

在安藤忠雄的設計下，三得利美術館設置許多出口，每個出口都能方便地通往水岸廣場；當然，水岸廣場上的民眾也能自由進入三得利美術館。水岸廣場的長寬各一百公尺與四十公尺，採取階梯式的設計，由高漸低直至海岸邊。這種設計，也能作為小型的戶外劇場空間，不僅能親水，也能聚集市民人氣。

看完展覽，建議在美術館內用餐，並透過四十五公尺高的玻璃窗，觀看大阪灣夜景，觀賞渡輪徐徐入港。如果在水岸廣場上露天野餐，那麼吹海風欣賞海景，轉身看夜間燈光通明的倒圓錐，也是個經濟的選擇。

參觀三得利美術館完畢，如果時間允許，建議還可遊賞海遊館，這裡飼養三萬隻海中生物，還有身長五公尺的鯨鯊，頗值一看。如果想要更上一層樓遠眺夜景，建議可以在海遊館建築旁邊乘坐天保山大摩天輪，這座摩天輪的地面高度達一一二·五公尺，天晴時，視線甚至可及關西空港，夜景也是一絕。

海遊館

世界最大的水族館，重現環繞太平洋火山帶十個海域的自然生態環境。展示近六百種、三萬多隻的海洋生物。

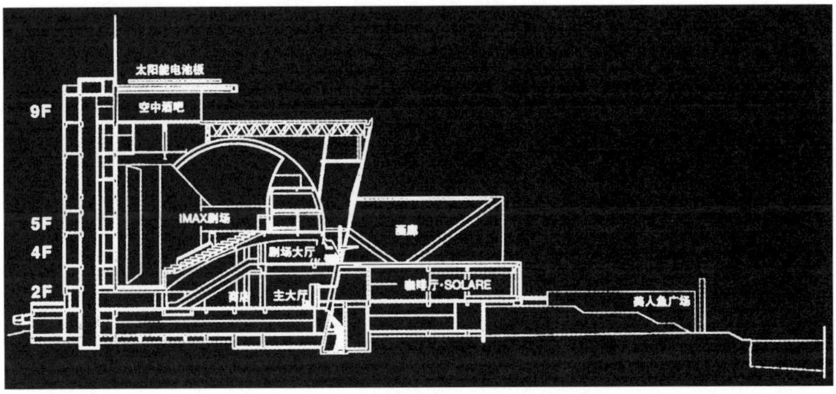

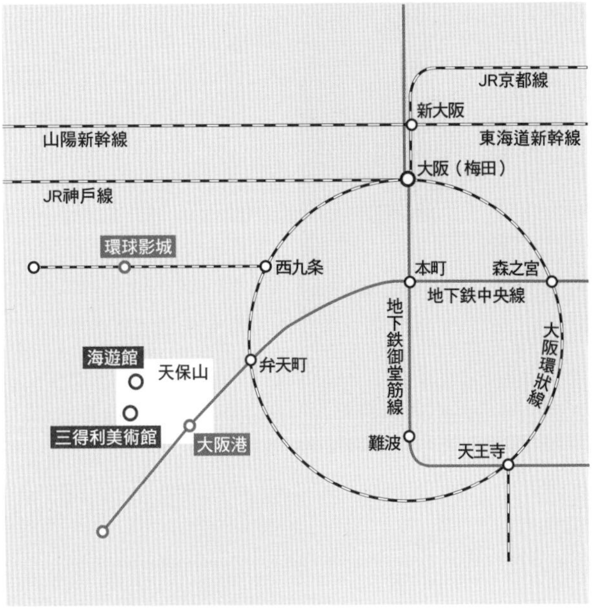

三得利美術館 Suntory Museum
網址：www.suntory.com/culture-sports/smt/
地址：港區海岸通1-5-10
電話：06-6577-0001
開放時間：10:30~19:30，展覽準備期間可能休館
門票：1100日圓，學生、敬老票800日圓，兒童票500元
交通：地鐵中央線大阪港站下車徒步5分鐘

海遊館
網址：www.kaiyukan.com/eng/index.htm
地址：港區海岸通1-5-10
電話：（06）6576-5501
開放時間：10:00~20:0（營業時間會因季節變化而改變，最後進館時間為閉館前1小時）
門票：成人票（16歲以上或高中生）2000日圓，
學生票（小學生和初中生）900日圓，
兒童票（4~6歲）400日圓
交通：搭地鐵在大阪港車站下車後，步行5分鐘

從旅館出發至御堂筋線南波站，於中津站下車出站，步行約十分鐘至安藤忠雄建築研究所。當然，事務所是不對外開放參觀的，但絕不能放棄到此一遊、拍照留念的機會。

DAY 4

目的地是安藤忠雄代表作光之教堂

接著，再回到中津站，搭地鐵到梅田站下車，步行至JR大阪站轉搭JR線，在JR茨木站下車出站，茨木站一出來就是公車總站，往光之教堂要搭近鐵巴士往春日丘公園的二號線公車，公車內有報站名的語音，也有顯示站名的螢幕，只要看到或聽到「春日丘公園」，就按鈴下車。下車後，會先看到候車亭，候車亭後方是個有點荒涼的小公園，讓公園在右手邊向前行，遇到T字路口後，左轉續向前行，第一個岔路的石牆上有明顯白色招牌，招牌後的灰色建築物就是光之教堂。

一九八九年完工的光之教堂，不僅是安藤忠雄的代表作之一，也為安藤忠雄於一九九六年拿下國際教堂建築獎。

長方形的清水混凝土箱，前方正中間壁切開一道十字，五・三五公尺高，寬一・六公尺。自然光線從十字開口射入，象徵性的自然光線為空間賦予了象徵意義：這是

一具光的十字架，這裡是光之教堂。

原本，基地是茨木的一棟木造教堂建築，牧師宅邸緊鄰。當初，牧師委託安藤忠雄將木造建築改建為一間新的教堂。安藤忠雄思考，一方面，他不覺得自己真能掌握基督教最深入核心深層的部分，另一方面，在教會拮据的經費條件下，「當所有的條件都捨棄後，剩下的空間原型到底是什麼？」後來，安藤忠雄閱讀了一本書，深受感動。內容是關於一群修道院教士磨平石塊，徒手修建羅馬式修道院，在無以依靠，僅憑信仰的過程中，竟然成功地將修道院興建完成的故事。

安藤忠雄感於這群教士一心一意真摯的信仰，他想像，那些石塊所堆疊成的牆，無可避免會因為表面不平整而使得自然光線從外滲入，他覺得，當自然光線滲入這座教士在艱苦條件下完成的空間，那種光線之美，正是他想要追求的光線。於是，他決定採取光的十字架的概念來表現這間教堂，表達教士那種真摯的信仰。

設計完成了，面臨的就是施工預算問題。一九八〇年代末期，正值日本經濟高峰，大阪周遭有許多工程興建，連大型的工程都面臨施工人員不足的問題，更何況是教堂這預算拮据的小案子。

曾經，因為經費不足，案子數度無法施工。幸好，建設公司負責人一柳幸男認為，蓋教堂是一件有意義的工作，不應純粹考量經濟，他願意與安藤忠雄一起打拚，無論如何都應該盡力施工，堅持到底。因為他的理念，才解決缺工與施工的問題。一九八九年，光之教堂完工，信徒、安藤忠雄與一柳幸男都很開心。

安藤忠雄說，他進行的案子，很少在施工時感覺到類似光之教堂這樣眾人期盼的情形，所以，儘管光之教堂遭遇重重困難的考驗，但是，終於能克服現實條件，不負所託。只是，後來一柳幸男過世，令他不勝唏噓，特別感念。

光之教堂不僅是安藤忠雄的代表作，至今，許多知名的建築師，都欽佩安藤忠雄處理光之教堂的才氣。不僅U2主唱波諾隨安藤忠雄參訪光之教堂時，受到光之教堂的空間深深吸引，當場走到牧師的講壇處，唱了一首「奇異恩典」（Amazing Grace）。連德國大導演溫德斯也說，他最喜歡的建築物就是安藤忠雄的光之教堂。他甚至說，安藤忠雄的建築物充滿了豐沛的感情。

持平而論，光之教堂是安藤忠雄最容易被

了解的作品，也是安藤迷最容易入手的作品，不少安藤迷說，第一次看到光之教堂的照片，就被那空間裡的光線而打動。瑞士建築師波塔（Mario Botta）便認為，安藤忠雄的建築語言清晰而基本，能超越文化隔閡與障礙，使人很容易清楚了解他的訊息與詩意。

儘管人人喜愛光之教堂，甚至視為安藤忠雄的重要作品而抱著「朝聖之心」前往；但由於太多建築迷或安藤迷叨擾，使得光之教堂與牧師不勝煩擾。因此，教堂規定，若非經過事先預約，否則，即使已經來到光之教堂，也不能入內參訪。

最後，是該前往關西空港，返回台北的時候了。從難波站搭往關西空港的巴士（四十八分鐘，八百八十日圓），或者從南海南波站搭南海電鐵特急（三十三分鐘，一千三百九十日圓）往關西空港，也可以從JR難波站搭「關空快速」（四十九分鐘，一千〇三十日圓）到達關西空港。■

光之教堂
地址：大阪府茨木市北春日丘4丁目3番50號
電話：072-627-0071
傳真：072-627-7716
開放時間：週一至週六10:00~18:00，
週日15:00~18:00。
星期三閉館，星期日忙碌。
門票：請在獻金箱自由奉獻
參觀請事先聯繫牧師輕込昇（かるこめのぼる）
E-mail Address：kasugaoka@osaka.email.ne.jp

從東京出發的建議路線

打算以東京為主要旅遊據點的自助背包客，也可以安排精采的安藤之旅。為了儘量節省交通接駁轉運時間，我們依景點的地理位置分成各需費時兩天的兩條路線。可以擇一，也可以用四天的時間全部走完。

路線一 京都・大阪

▶大山崎山莊美術館
→光之教堂
→櫻花廣場
→司馬遼太郎記念館
→三得利美術館

DAY 1

JR東京站出發，搭乘7：33的新幹線「希望」號第61班次，9：35抵達JR京都站。
接著換乘JR山陽線的地方列車，約10：16抵達JR山崎站。徒步約10分鐘左右，或是可搭乘免費接駁巴士（班次1小時內往返2～3趟）即可抵達大山崎山莊。
推薦大山崎山莊本館二樓露台咖啡屋的特製蛋糕與咖啡；因為沒有設置餐廳，所以無法提供餐點。
庭園可欣賞四季不同的風情。

從JR山崎站搭乘13：00的電車出發，約13：30抵達JR茨木站；然後搭乘近鐵巴士或計程車約10分，抵達光之教堂。
參觀光之教堂時，請務必不打擾牧師及信徒。
入內參觀需要事先預約。

14：30，從JR茨木站搭乘山陽本線；在大阪站換乘環狀線外回方向列車；在京橋站下車，轉搭京阪本線。
約15：15左右抵達西三莊站，走路5分抵達櫻花廣場。
沿途車窗外的景色也相當怡人，不要錯過。最後回大阪市，夜宿於此。

DAY 2

10：30從大阪市出發，搭乘近鐵奈良線，約11：00抵達八戶之里站，走路8分左右到司馬遼太郎記念館。（或是從河內小阪站步行約12分）
館內並無餐廳，但有個迷你可愛的咖啡角落，有咖啡、紅茶和簡單的點心。另外還販賣明信片與迷你尺寸的稿紙等商品。

14：00從八戶之里站出發，在難波站下車，換搭地下鐵御堂筋線，在本町站下車；再轉搭地下鐵中央線，約15：30抵達大阪港站。步行5分，就抵達位於天保山的三得利博物館。
博物館內有可以看得見海的喫茶店與休息處，大阪灣的夕陽景色值得留駐欣賞。

19：30從大阪港站出發，搭乘地下鐵中央本線，再換乘御堂筋線，抵達JR新大阪站。
搭乘20：56出發的新幹線「希望」號50班次，約23：29回到東京車站。

路線二 淡路島·神戶

▶淡路夢舞台
→真言宗本福寺水御堂
→兵庫縣立美術館
→水際公園

自明石海峽大橋通車後，前往淡路島就非常方便。

DAY 1

JR東京站出發，搭乘7：53的新幹線「希望」號第305班次；在JR新大阪站，換乘山陽新幹線「光」號第457班次；約10：48抵達JR新神戶站。

11：15搭乘高速巴士（1小時1班），約12：22在淡路夢舞台下車。

可以在能展望全景的露台欣賞景色，或是在山之迴廊、海之迴廊散步，淡路夢舞台的建築，可說是安藤忠雄建築設計中的精髓。

15：30左右，從淡路夢舞台搭乘巴士大磯號（1小時約2班），5分後抵達大磯港下車。

從大磯港步行10分左右，抵達真言宗本福寺水御堂。一定不要錯過在夕陽照映下，變成有著美麗火紅色彩的本堂建築。

步行回大磯港，搭巴士回到淡路夢舞台。在貝克漢也住過的淡路威斯汀酒店飯店住宿一晚，充分享受海天一色的廣闊景致，可以邊散步邊欣賞精心設計的美麗照明景觀。

DAY 2

10：23從淡路夢舞台出發，搭稱高速巴士抵達阪神三宮站。搭乘11：20的阪神電鐵在阪神岩屋站下車。

步行8分左右，即可抵達兵庫縣立美術館。館內有看得見海洋景色的咖啡廳與餐廳，可在此享用午餐。除了參觀展覽外，還可以到旁邊的公園散步遊玩。

從美術館搭乘計程車約10分，回到JR新神戶站搭17：15發的新幹線「希望」號第36班次，約20：06即可抵達東京。

作者後記

我眼中的安藤忠雄

能執筆撰寫這本書，筆者衷心感到幸運。

時序彷彿還在今年三月初，筆者從關西空港出關，車行高速公路，凝視鐵橋的光影在前方乘客椅背上跳躍；不禁想像，安藤先生出差回國時，坐在車上的他，都在想些什麼呢？

拿著一張地址，搭地鐵尋找安藤忠雄位於大阪的建築師事務所，在接連的迷路之後，終於找到尋常巷弄間事務所。撫觸事務所外牆溫潤的質地，墊著腳尖企圖從小窗窺視一點蛛絲馬跡，筆者自問，這樣尋常的星期日下午，安藤先生會在公司加班，還是在家裡休息？這樣一個全球粉絲廣布的人，在員工眼中，又是個什麼樣的老闆？

來到大阪市區幾座安藤先生年輕時設計的商業建築，才發現有些已被業主任意改建：有的改換大門，有的則在清水混凝土外牆加裝大紅色玻璃。筆者深感傷懷，卻也驚覺，原來，五十四歲就得到普立茲克獎的安藤先生，為了追尋建築夢，也曾經面對這樣的現實窘境。到底，他從這些挫折中淬煉出什麼人生哲學呢？

這些好奇，直到筆者結束搭地鐵遊安藤建築的自由行，加入安藤先生為台灣人主辦的

「安藤忠雄講解建築之旅」，在聆聽安藤先生演講，專訪安藤先生，請教他日日為安藤之旅而派出的建築師之後，一一獲得解答。

原來，珍視大自然、戮力對抗全球暖化的安藤先生，從國外出差在關西空港下機時，總是不時想起淡路夢舞台施工之前，那片為了蓋關西空港而被挖空了的受傷土地，光禿禿、毫無綠意的悲慘景象。

也才知道，尋常的星期日下午，安藤先生若非出差國外，若非在事務所工作，那麼，十之八九是在某處演講，而且演講主題往往與綠化或環境保育有關，馬不停蹄。甚至，連出國演講，會後的簽書會，他也會事先在事務所將他的日文書籍簽名完畢，到現場再題上讀者的名字，收入則全數捐給綠化基金種樹。在台灣公開演講時，他也保持這項習慣。

在員工面前，他則是嚴格的老師傅。

專訪前，筆者親眼見到他身邊的建築師從先前的好好先生，搖身一變為嚴格執行軍令的大弟子，只要他跟在安藤先生身邊，臉上總是線條緊繃。

安藤先生律己甚嚴，訓練員工也相當嚴格。

安藤先生認為，一名建築師不僅要能設計，還要能調查並了解基地的歷史與人文等條件，甚至掌握建築物本身的用途。比如，如果設計一座美術館，那麼，建築師應該充分了解美術館的收藏、創作的藝術家。而且，建築師應該要能傾聽、能清晰表達。因此，他每天派不同的建築師為安藤之旅團員講解，回答團員問題。事實上，全世界各國指名要見安藤先生的參訪活動多如牛毛，幾乎每個月都有一、兩個活動，對此，安藤先生都會指派表現較佳的建築師負責聯絡行政事宜、擔任講解等，可以說是將建築師當作「多能工」來訓練。

雖身為國際知名的大師，但安藤先生的事務所卻只有三十名職員，只有一名是會計，其他人都是建築師。

於是，我所見的建築師們，不僅都有著黑眼圈、長期睡眠不足，處理完世界各地前來的安藤參訪活動，還必須回歸設計崗位，繼續搏鬥。

不知幸或不幸，每一天，當每位建築師抵達安藤之旅團員所在的建築物，負責講解工作時，起初，臉上都寫著工作壓力，但是，不知不覺，當他們走在安藤先生的建築裡，經過建築融入的大自然洗禮，他們臉上的線條也不知不覺放鬆，到後來，幾乎都能親切地與筆者談笑，搭地鐵回事務所時，再也不是憂心忡忡的表情。

還記得，一位建築師講解完畢，即將目送團員搭車離開時，筆者問他，待會兒要去哪裡？他提著黑色公事包，微笑說，也許，可以慢慢走回地鐵站，喝杯咖啡，因為，已經許久沒有這麼早下班了。

也還記得，有天傍晚，大夥兒步出建築物，竟是冷風颼颼，兩位衣著單薄的建築師冷得直發抖，卻堅持要先目送安藤團員上巴士之後，再搭電車回大阪的事務所加班。當團員捧著兩杯罐裝熱咖啡請他們喝，聊表謝意，他們一再推辭，最後終於捧著熱熱的咖啡，體會著台灣人親切的溫暖。

安藤先生對員工雖嚴格，對於外界，他卻總是大方釋放熱力，將自身追尋建築夢的歷程作為素材，不斷鼓舞著人們，別放棄追尋夢想。

猶記今年一月初，他親訪霧峰的亞洲大學的藝術館預定地，他看見充滿熱情的學生，於是臨時決定為亞大學生做了一場演講。演講結尾時，他解釋亞洲大學藝術館三角形的造型設計起因。

「為何是三角形？因為，我想要傳達的訊息是：一個人無法獨立生存。所以，三個人，代表大家必須互相幫忙，才能繼續生存。」

現下，筆者再玩味此言，特別有感觸。

如果僅只筆者，這本書實無可能完成。催生這本書，也有一個「三角形」，他們分別是安藤先生與安藤忠雄建築研究所全體員工、金玉梅總編輯與天下雜誌群、劉育東老師與他代表的亞洲大學與交通大學。而筆者實際寫作過程中，也有一個強大的三角形團隊，他們是執行編輯王慧雲、口譯褚炫初、隨團出國採訪的工作夥伴：謝進益、張亞芸與陳思維。

在此，特別感謝學術交流基金會執行長吳靜吉、國家文化總會祕書長陳郁秀，以及自由落體設計公司總經理陳俊良推薦本書。

最後感謝二〇〇八年安藤之旅的團員好友們傾力相助：郝名媛、丁惠香、吳思瑤、林建銘、藍郁玲、傅筆富、謝書卿。

——麗娟。二〇〇八年四月九日謹上。

本書得以付梓，
誠摯感謝
安藤忠雄先生慨予授權，
以及安藤忠雄建築研究所建築師全程講解。

Light系列 007

Experiencing Architectural Works with
Tadao Ando

跟著安藤忠雄看建築

作者——藍麗娟
攝影——謝進益
美術設計——王廉瑛
美術協力——陳俐君
責任編輯——王慧雲

發行人——殷允芃
出版部總編輯——金玉梅

出版者——天下雜誌股份有限公司
地址——台北市104南京東路二段139號11樓
讀者服務——（02）2662-0332
傳真——(02）2662-6048
天下雜誌GROUP網址——http://www.cw.com.tw
劃撥帳號——01895001天下雜誌股份有限公司
法律顧問——台英國際商務法律事務所・羅明通律師
印刷製版——彩峰造藝印像股份有限公司
裝訂廠——聿成裝訂股份有限公司
總經銷——大和圖書有限公司（02）8990-2588

出版日期——2008年4月17日第一版第一次印行
定價——350元

書號：BCCL0007P
ISBN：978-986-6759-79-6（平裝）

天下網路書店 http://www.cwbook.com.tw

跟著安藤忠雄看建築／藍麗娟著.
——第一版
--台北市：天下雜誌,2008.04
面； 公分.一(Light；7)
ISBN 978-986-6759-79-6(平裝)
建築 2.文集

920.7 97006016

天下雜誌
觀念領先